蒋郁相 著

CHENLI

尘粒镜像

JINGXIANG

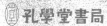
孔學堂書局

图书在版编目（CIP）数据

尘粒镜像 / 蒋郁相著 . -- 贵阳 : 孔学堂书局，

2025. 6. -- ISBN 978-7-80770-725-7

Ⅰ . I227

中国国家版本馆 CIP 数据核字第 2025VL2757 号

尘 粒 镜 像　　蒋郁相　著

CHENLI JINGXIANG

责任编辑：黄文华　　练　军

书籍设计：李巍薇

责任印制：张　莹

出版发行：贵州日报当代融媒体集团

　　　　　孔学堂书局

地　　址：贵阳市乌当区大坡路 26 号

印　　刷：北京世纪恒宇印刷有限公司

开　　本：889mm×1194mm　　1/32

字　　数：170 千字

印　　张：8.25

版　　次：2025 年 6 月第 1 版

印　　次：2025 年 6 月第 1 次

书　　号：ISBN 978-7-80770-725-7

定　　价：68.00 元

序

于尘粒中映照万象，在诗行间聆听灵魂 | 李寂荡

　　在这个世界里，尘粒虽小，却能映照出宇宙万象；镜像虽虚，却能折射出生命的真实。读罢蒋郁相的诗集《尘粒镜像》，有种感觉：就像捡到一把能开启心灵幽径的钥匙。这把钥匙虽然有些泥土味，但它是由文字锻造的，每一个字符都有独特的光芒，能将读者带进诗人构建的诗意世界。诗集分为四辑，每一辑都如同一扇通往不同天地的门，展现了诗人丰富而深邃的内心世界。

　　第一辑"栖居，觅寻时光坐痕"，诗人以一种虔诚的姿态，在岁月的洪流中寻找生命的归属与安顿。时光是一条无尽的长河，我们每个人都在其中漂泊，试图找寻那些能让心灵停靠的港湾。蒋郁相在回忆与憧憬之间自如穿梭，用诗歌唤醒沉睡的情感和记忆。那些被岁月掩埋的重要时刻，在他的笔下重新焕发生机，如同夜空中闪耀的星辰，照亮了自己的路。读着这些诗篇，仿佛能看到诗人站在时光的渡口，回首往事，那些欢笑与泪水、相聚与离别，都化作了诗中的情感涟漪，在心中缓缓荡漾开来。他对岁月的深度探寻，不仅仅是个人的追忆，更是对共通的情感挖掘，在他的诗中，读者可能会找到自己曾经的影子，引发共鸣。

　　第二辑**"审视，有温度的存在"**，诗人戴上了思考与洞察的眼镜，穿透生活的表象，深入事物的本质。生活中的点滴，那些人与人之间不经意的善意、大自然中蓬勃的生机与和谐，在诗人的眼中都是有温度的存在。他以诗为镜，映照出这些美好的瞬间，读者一定能感受到生命中那些柔软且充满力量的东西。在这个快节奏的时代，人们常常会忽略身边的温暖，而蒋郁相的诗则是一个重要的提醒。大家也应该停下匆忙的脚步，去感受那些微小却珍贵的美好。他的笔触细腻而温情，无论是描写人与人之间的情感纽带，还是描绘大自然的一草一木，都充满了对生命的热爱与敬畏。这些诗篇就像冬日里的暖阳，给人心灵以慰藉，读他的诗，你有可能会重新发现生活中的小确幸。

　　第三辑**"炫音，有棱角的远方"**，有青春的激情，也有对梦想的追求。"炫音"是梦想的呐喊，是灵魂深处的歌唱，它充满活力，独特而富有魅力。诗人眼中的远方，并非遥不可及的模糊愿景，它是有着鲜明特征和挑战目标的。远方的棱角虽会刺痛心灵，阻碍肉身的前进，但也正是这些挫折与困难，激励着自己不断前行。在这一辑中，蒋郁相用充满力量的诗句，展现了他对远方的渴望与追求。从诗中，你能感受到他勇往直前的决心，偶然间，仿佛能听到他在梦想道路上坚定的脚步声。这些诗篇是一种鼓舞，似乎在告诉读者，不要害怕远方的未知与艰难，要怀揣梦想，勇敢地奔赴属于自己的旅程。也许，这就是人生。

　　第四辑**"绿光，风景镶在眼角"**，则充满了诗意美感和对希望的向往。"绿光"是希望的象征，如同黑暗中闪现的一丝生机盎然的绿色，给人带来新的力量。诗人努力将眼睛化作精致的画框，把所看到的风景一一镶嵌其中，捕捉那些被"绿光"点亮的瞬间。这些诗篇灵动而富有想象力，跟着他的思路，你仿佛置身于一个充满奇幻色彩的世界，每一处风景都被赋予了独特的意义。蒋郁相用他的文字，将瞬间的美好定格成永恒，留给记忆，让读者在欣赏这些诗篇时，也能学会珍惜生活中的每一个美好瞬间，用心去感受大自然和生活赐予我们的礼物。

最后来说一下蒋郁相。蒋郁相生长于贵州大方，定居于贵阳，不同的精神空间，也促成了他的敏锐感知和细腻笔触，在岁月的长河中采撷灵感，将生活的感悟与生命的哲思凝练成一首首动人的诗。他的诗歌创作历程，也是他不断成长与探索的过程。他在文学的道路上一步一个脚印，不断前行。他的作品不仅在国内众多刊物上留下了痕迹，还在各种赛事中获奖，这无疑是对他诗歌创作的肯定。然而，他并没有满足于已有的成绩，而是继续在诗歌的海洋中遨游，不断挖掘新的主题和表现形式。他的诗歌风格独特，既有着对生活细腻的描写，又蕴含着深刻的思考。他善于运用生动的意象和巧妙的修辞，将抽象的情感和思想具象化，使读者能够更加直观地感受到他所要表达的内涵。在他的诗中，我们可以看到大自然的壮丽景色、人间的悲欢离合、对梦想的追求以及对生命的敬畏。

蒋郁相的诗歌，是他对生活的热爱、对世界的感悟以及自我探索的结晶。《尘粒镜像》这部诗集，不仅仅是一本诗歌的合集，更是他灵魂的映射。他主张从平凡中去捕捉诗意。他的诗有着"以小见大"的宇宙观：雪粒、花瓣、脚印、刹那的光线…这些微小如尘的意象，在诗人笔下成为映照生命本质、时间流逝与世界寂静的"镜像"。比如《你探出稚嫩的头颅》暗示新生与探索；《雪用水的另一种温度降下来》以悖论语言重塑自然现象，赋予雪以液态的"冷"温情；《雪粒落在石头上》聚焦微观碰撞的静默与坚韧；《难得世界只剩下我的脚印》在孤寂中突显个体存在的印记；《这些花瓣转动的裸体》将凋零/绽放的动感与脆弱裸呈；《太阳走光的那一刹那》则定格了光与暗转换的临界点。

希望读者能够走进这本诗集，与诗人一同在尘粒中映照万象，在诗行间聆听灵魂的声音，感受诗歌的魅力与力量。相信，这部诗集将会在读者的心中留下深刻的印记，成为他们人生旅途中的温暖陪伴。是为序。

李寂荡，《山花》主编，贵州省作协副主席。

目 录

后记

第一辑

栖居，觅寻时光坐痕

你探出稚嫩的头颅

那个世界水火无情

你所在意的温暖正在消失

河流的血管太细

不够小船偷渡日月

我的街道太窄

你能同时看见农村和城市的样子

在我眼里

只要是有阴影的地方

世界很小，也很大

你同一只猫头鹰在夜里唱歌

多么寂寞的孩子

我的眼珠上有一面大镜子

像一扇窗的等候

太阳刚用脚趾揉了一下泥土

你就探出稚嫩的头颅

雪粒落在石头上

落在石头上的雪粒
欢快中不知会有怎样的恐惧
那细小的心脏
在热烈的碰撞下，会不会疼？

我常想，雪融同百花的凋零
是不是有相同的命运？
阳光一照，或花期一过
它们的一生，生命那么轻

只有这石头，或是泥土
躺在那里，默默为惊艳让路
把生命的硬，写在日历中
写在花瓣的伤痕上

我们像稻秧一样活着

你指着身后的泥土说
无论大地的哪条河上
水与星辰都爱我
我听后，庄稼悄悄哭了
我讲，阳光更爱你
才见露水热泪盈眶，花就开了

百鸟朝凤，林木也高兴
夜，把崭新的空气交给我们
春来，细雨做了禾苗的新娘
早起，只为担回第一桶水
你看，我与你同在水中比肩

我爱万物，万物爱你
在阳光能够到达的每一块泥土上
在心与心交汇的地方
我们像稻秧一样活着

细数闪着青春的眼睛

许多生命，在一双眼睛里成长
教室里，三年一换的年轻
把阳光的余温带走后

到了另一间教室，爱已尘埃落定
夜与灯光同行，风轻轻吹动
哪怕短短的一瞬沉默，河流也热血沸腾

细数闪着青春的眼睛
花开花落，除了满地歌声
就是甜甜的果实

路边抽烟的老人

田园一旦荒芜
看着这土地的伤，许多眼泪
从被忽略的人脸上流下来

秋风好紧，像索命鬼
路边抽烟的老人
昨夜，梦见牵挂他的母亲

孩子们都到别人的故乡去了
只有自己，还在与泥土相依为命
风萧萧兮，谁不想落叶归根

三十年如一日，荒草的命
多像路边抽烟的老人
秋风才经过，身体已发冷

待业

这段时间，多雨多风
敞开的窗口
长出许多迷茫小路
路边藤蔓丛生
身旁，苍穹掉落
一些虫子爬过的痕迹
仍不敢触摸
心里的那个位置空了
无助在下沉
等待，不知什么时候
爱要悬空，也要降落
身子，总不能被荒芜缠绕
日子，陷入一场戏剧
桃花已变成蝴蝶飞走了
在树与树之间
流连而不被察觉
或许，日子并没有选择停靠
雨，还在敲打窗门
你的一日三餐
是我计划的全部行程

坦白

如果认识，走进北斗
就有必要对天空有所回应
依存，鱼儿需要水
水流游动的幅度
倒影可以测量
远行，坐在船中
喜欢云朵在水面铺开
散成朋友和亲人的寄托
与天、与水、与鱼、与你
夜熟透之后，云绑走月
仿佛黎明来到稻田里
被孩子们抱住不放
山坡上，遍地芍药
在云雾的裹挟下
隐约如北斗周遭
梦幻与现实来回联动
效童真，此去经年
——最致命

无奈

我喜欢收集庄稼的消息

也喜欢给逝去的昨天腾出一个位置

种上庄稼和蔬菜

但凡能够阳光，一个人

无论前面有多少来者

后边有多少追兵

也不至于在原点束手无措

长久站立的矿车或塔吊

疲乏于奔命的车间机器

都希望被关心，甚至被抬爱

"留守"被关注了几十年

许多眼泪在离别的清晨坍塌

向前看，而又渐行渐远

不可估量的财富

集中撞在一百八十度的铁轨上

身体要经过云雾、月光
孩子同老人的嘱托耸立耳边
倚靠窗前，计划着一年的收入
仿佛股市的行情曲线
或有不同的幅度在波动
农村，房子及亲人
经大江南北的旅程被放下
恐拿起又像谎言

画圆

山水画了一个圆

如襁褓，在里里外外的包裹下

群山受孕，一些村落

从万物的竞技场中生长出来

周围险峻之地

用来安置虫鸟草木

半亩夕光，十里圆融

刺玫瑰在细腻和野性中盛开

似摇篮，除去偏袒

保有超高教养

至绝顶，巧隐弧度

与黄土相依

秧禾需要爱情塌陷的养分

鱼族压低溪淙嗓门

那支锋利的笔

正在山崖边奔走

往事

日子愈往后就愈有厚度
今天的果子与昨天的花朵孪生
历经风雨磨难之后
在脸额上开辟了几条运河
深深浅浅，沟沟壑壑
承载着上一辈的深沉与沧桑
从燕翅到花枝，还有鱼群
岸边风拂刘海。个中
不再是阳光碎在水面
鱼儿吐着水泡游动那么简单
渔船在浪尖颠簸
激烈、勇敢、上岸，再以后
说不定，有一天得化为一座风雨桥
一次又一次接受气候洗礼
当然，时不时又要自圆其说
再多斑驳的树影又能说明什么
整个世界，风都在吹

归来

忽然就抱住了脚下的泥土

亲吻上去

那么多年的漂泊

惊心无助之后

归途竟是一艘战舰

落叶背面

有许多青春的陌生

重负与飞翔

缓缓降落在肩膀

此刻，一个女人

戴着口罩端坐在石椅上

等待风拭云烟

那些往而不返的江流

唐古拉山与巴颜喀拉山

同时成了归属

踏入一条河的记忆

很多事情，有冬天要去

也有春天要来

省略

夜晚和灯光一起坐下来
向城市索要高深
汽车在人民大道上前行
前灯追着月亮
跑出龙头的身份
喇叭弯曲在每一个岔路口
旁边，有猪狗被端上餐桌
牛马再有悟性
也害怕嚯嚯的磨刀声
有的祷告被闩住
香纸烛火还在村里燃烧
用舌头舔舐舌头之味
如果不是睡眠有足够厚度
你也只能早早起床
嚼干稻草……

读你

总是那么细碎

还要把尖锐缝在嘴角

有时仿佛从未入睡

难道惊奇也在意料之外

许多身影已垂下

你仍在迷宫里

考验自己

鸽子沉痛拔毛变出的和平

天空虽穷却处处哨音

太阳紧拥你时

你说看见了疾风暴雨

才入住城东

云层已被指尖染红

水草喜好纠缠

石头太倔强

只能继续读着……

归宿

自行车欢快地跑过

一段感情被记录

偶然间，黄金大道

枫林里慢慢放入

未知跟遥想

花溪河两岸的烟火

在左右与顾虑之间落脚

周末，带上新的时间

用一杯奶茶和一包香烟

来比较亲疏与胸膛的温度

呼吸与心跳同频

关于高原明珠

地名只是一个借口

不同的天空

寄居了不同的月亮

如果你是流水

不论身在哪条河床

没有血缘的出生

被收回时，有祸也有福

消息

骑白马到水边揽月

饮泉去八月探亲

你可知有多少人不如你

暮色已悄然到来

灰白的天空吐着传奇

风声无限扩张

你拿起轮回时的契约

去找一朵梅花续签协议

不知有多少人来过

那颗心义无反顾

静时如处子之身

草木星光多美

动时如晨钟惊雷

把一个让你欢喜的消息

以白马的速度

桃花的姿态

让你继续做一叶扁舟

并向你发出邀请

以她的庄严与神奇

眼泪

你用斑鸠与鸽子的眼泪
写下两个世界
在你嘴唇落在我额头的时候
太阳就把手伸到窗口
是你，认下我的爱情
如果不是樱桃红遍村子
你自己建造的木楼
就不会越来越招人喜欢
回家，坐在台阶上
想想这一辈子到底有多长
这眼泪，在你和我之间
既是拥抱中的鼓点
又像踏春之路，风雨袭来前
走不出，最初
那颗纽扣的尽头

这日子

秋来，大雁在空中
以一群中年人的身影飞行
冬去，有人在地里
模仿蔬菜生长
且以稻秧的名义接受光与露
有人在清晨学习蜜蜂
为了后辈能够吃饱穿暖
在花瓣中短暂旅居
有人则因风吹雨打
坐在岁月的脚趾上偕老白头
屋子身后，银杏老了
许多叶子同鸟雀一起离枝而去
只有那个讨摘银杏的女人
还在枯草背后
寻觅含苞的日子

忧心

那天，发生了一些变化

冷空气回来，在我身体上

堆积了一些岩石与泥土的温度

晓月，离开我的眼睛

在另一座山边

从鹰的翅膀上归来

一匹疯狂的野马

拉着马车跑到燃烧的峡谷

一旦手在风中松开

我就极有可能握不住

携带石榴籽实

和玉米味的山间秋风

拂晓

月亮渐渐睡去
爬上沙滩，夜如舒缓的岸
又像一条鱼，摆摆尾巴
在水边，向远方游去
我喜欢的那几颗小星星
从来不在梦里爱我
可我的身体还是有了爱的意识

原来，一个人的奇怪
再怎么也不能把肉体与灵魂
做成两条平行的铁轨
哪个能把崇高无尚注入体内
哪位就能同太阳讲理
比如，世间万物实在太爱她
万物就变换法子，同天空
生儿育女，然后嫁给他

水，流动高深

水，流动高深
常为一群人准备经卷
那棵树，咬紧牙关
在悬崖上坚守一辈子
路边的野花开了
很艳，如果没有另一双眼睛
再美也只是孤芳
有人喜欢镜子
为了确认自己还活着
每天偷偷照几下
水，如同一扇窗户
镜中，总有人
从另一个岔道走出来
触摸空气的体温
水，也有反向流动的时候
它设置的每一条沟渠
都有一个好出口
在抵达终点前
生命，也只有高深
才能历经千山万壑

此刻

鹰与鸽子擦肩，之后
带着怀疑，以不易察觉的天空的审判
就一个微笑，竟能填补蓝屏
太阳坐在河边，让云层先到水面
品尝波纹，而后抖动脚跟
拨开清澈，如眼睛传送动能
我喜欢今天，它正用明天的微笑
走过屋顶。几个哨音划过
它们往返搅和，鹰难独抱长空
风，落在柳树肩膀
此刻，摇摆光影的那双手
正在伸进我的口袋

只有你

不争不抢，也不顾不管
你在池塘，以水的名义盛开
一座房子，一坝谷禾
甚至蜻蜓眼里的山
豆藤边上蝴蝶的缠绵
黑颈鹤眼里的世界
包括鱼儿的天空
都被你的莽撞挤满
你很霸气，让曾经的荒芜
不得不隐姓埋名
只有你（我的村庄），才能
在它的躯体和骨骼上
绣出一面旗帜

如果明天

如果明天，我还在思考

木棉花的春天里

有多少故事可以续写

在天空留的空白里

我抢着去听花开的声音

似有一场爱情降临

我在树下站着，有一个女人

坐在路的另一边

风数过她的每一根头发

怎么我也凌乱？

如果明天，秒针从心口瓦解

火车带走爱之轨迹

天际间，炊烟在黎明升起

一抬头，天空皆有眼睛

哪怕看尽所有，却无从说起

一朵小野花

路边，玫瑰开放的时日
让每一缕阳光，在露珠心里
在男人肩膀，在火焰的脊柱上
把爱分成双手，分为家与友情
不用质疑，花瓣和光的心思
如果蹲下来，你会注意到
花在露珠心里的涅槃
像一个姑娘，从结婚到老去
都绕不开一场生死
尽管不知会有一只什么鸟
叼走她身边的光阴
见过从脚印走出的每一步日月
到鸟儿振翅画圆画方的每一个高度
你便不想再追问任何花痴
不知途中还有多少花枝，包括
鸟群的来临和离去
心，都在为一段留白发麻
其实，人除掉性别，不管生死
都是路边的一朵小野花

红牡丹

这几株红牡丹
挺着胸膛，把阳光轻抚的一面
留在窗外，留在祖母心间
风轻轻摇动花香
仿佛几位红衣女子
誓死要把自己交给春天
甚至故意把花期打湿
我在内心存储了一些遥远
让赤红和偏执
以不同的方式去辩解
后阳沟是会被信任理解的
不知什么时候，几只蝴蝶
停下翻看花瓣
大地和天空的交流仍在继续
不知道，远方
有多少语言还在流浪

晚霞

落过几滴雨，一切变成金色
真实的屋檐，被天空镶嵌
平日远山，晴比雨更多
此刻，我身边的世界已入虚幻
就连幽静的小路
也把爷爷身上的蓑衣
画成大师的杰作
没有遇见乡村会被如此装点
除了鸽子身上的羽毛
没有什么哨音可以赶走子弹
在方形内心画圆
可能椭圆的眼球也曾经方过
我与霞光相遇，在边界
传递爱人眼中的讯息
并且，将已知和未知互换
半树风摇，我在石头里看见自己的前世
也在天河上游找到了自己的血缘
现在，美丽眩晕
我独自坐在石头上，看一群
山羊从身边回家

他去了一座独立的房子

他去了一座独立的房子
里面的人都有故事
里面的人都会相互倾轧
形形色色，此时
心中最为敏感的神经
身体最重要的部位
都滚过风雨雷霆
硕大的天空突然变小
仅剩一个方形小窗口

他贴近黑暗冷酷的老砖墙
以及卷曲锈蚀的铁丝网
七月，阳光伤害了他
长廊桥上，还原过许多故事
也记下了许多流逝的日子
他伫立在故事旁边
他拒绝了一切偷抢打杀和无奈
却拒绝不了一个女人

另一只手

花不开，春不来
你伸出一只手
把另一只藏在雨水衣袖里
两眼盯着河流打转

春暖，花一定会再开
没有人怀疑
你手里攥着的大把时光
随时都可能要离去

等看到两张脸上的沟壑
你才想起要拉警戒线
防止沟壑爬到脸上伤着你
另一只手，我们都怕痛

晨曦

天空下，我对于泥土
就像流水之于河床
留不住一片像样的云朵
鱼儿翻身，看似柔弱
实则逆境也无惧水流
岸边，有的花朵打着羞怯
却不经意被晨曦扑倒
就在浪花回头那一刹那
借一缕花香，一点一点
试探，甚至抚摸……
晨曦，已入古寺

土壤湿润了吗

大雪之后的太阳
算不算冰冷给出的补偿
山坡上，躺着的碎银
在等人
在耀眼的春光中
我也有着冬天的苦衷
我相信大雪之后
率先冒尖的植物
会让先行的你
读到，未来翠绿的秘诀

它

它只是一粒种子
冒出泥土之前
有短暂的黑暗

它在雪地，懂得安静
它比人更能体会，渴望
光明的声音

收藏昨夜，为仰望天空
它顶开头顶的土石
保持孤独与茁壮的姿势

我看见春天在它身上展开
这还不算是最后的结果，我深知
它将沿着另一条路，从种子归于种子

遗落

夜和梦较量着，月亮的隐忍
只是收敛和转移一些锋芒
在路边，屋顶
一个人的窗前
泛着潮汐般的质感

还有我看不到的
相互较量的事物，一阵微风拂来
时间的韵律瞬间变得柔软
从未想过，乌江之上
那么多光在陪我

第六感

风过，有一种美

无声胜有声，我对它的唐突

就像我对自己的不在乎

如同往日暮春的激情

在蘸满阳光的枝头

我只愿在许多花瓣的坠落里

保持一个沉默的结果

我不能营救所有的凋零

正如不能悉数保留三百六十五个我

但我会暗自摄下爱情的烂尾楼

记住炊烟的味道

记住影子陪你走过的路

请坐到我的身边来

那位四十年前的老船长
你在梦里，颠簸得太久了
请歇一歇，请讲讲
怎样替走失的贝壳
找到久违的故乡

请坐到我的身边来
唱一唱，沧桑的渔歌
曾让月光下的渔女欢喜
又喜极而泣

请坐到我的身边来，让我
感受你的澎湃与咸涩
请告诉，我如何才能像礁石
有峭刻，有沉默，从容于
广阔的蔚蓝与深渊

门

有人进去，没见出来
那扇门没有锁
却一直关着

风把一些树叶送到门前
它们像我的心情
有些茫然，轻微地辗转

今夜依旧密布疑问的星星
雾岚如约如歌谣，我用心倾听
有些声音只是春天的

这么多春天，这么多年
我并未打开，甚至就未曾靠近
却反复讲述一扇门

我喜欢果实累累的样子

水面上，阳光的第一个波纹
推着整个世界，像一架金黄的水车
谁都没有触犯交规的心思
湖面的静，照见了我满身的动
就连冰冷的空气，也是有温度的

秋说春短，春道秋长
时间，从来都不用概念去追你
它只以寻常的姿态前进
翻滚的秋天与冒进的春天
在花朵里放满交集
我喜欢果实累累的样子

这些石头

这些石头，每天都在拜师学艺
在求生的本能中
小鸟和虫子，包括阳光雨露
都是它们的良师益友
哪怕一生一世不说一句话
也有开花的时候
春天，是一种秩序
你坐在路边的石头上
犹如坐着一个厚实的肩膀
这些石头，不同于花开的节奏
它们也有青春
它们的青春是过硬的

两匹马从乡下来

两匹马从乡下来
一匹驮着白天，一匹驮着黑夜
黎明用稚嫩的声音说
你们快去吧，无须告别
有一大片红色的阳光经过黑夜
花，有开有落
梦，多了几分酸甜
两匹马从乡下来
同路边的向阳花打完招呼
把生命的硬度留给了南北两极
汗水滴落的那一刻，每一声马蹄
都响得格外通透

把百花锤炼成药

就在一列火车上
我给她写了一段文字
送往半空，全变成鹰的羽毛
就在那间开了窗的囚室里
把所有日子
送给云朵作为珍贵的首饰
水泥地上，那些慌乱的脚印
为什么总是那样孤独
那些连着亲情的每一个脚趾
死死抓住太阳的根须
还有一块与之相关的庄稼地
任何灵与肉，骨头与体形
每当阳光照进黑屋
我都会看见一粒粒小小的尘埃
像一只只凌空的蜜蜂
在阳光变成一堆白骨之前
把百花锤炼成药

院里的风

院里的风，长成了辣椒和烟叶的模样
红红的闹又浅浅的笑
扎根农村，父亲每年都欣喜这样的风
它是苦中苦，能让我们做人上人
风掀起泥土的味道，多么让人心疼
母亲的脸上也有浅浅的笑
玉米挂在墙上，红豆躺在院坝
猪牛从圈里走出来
太阳和星星都是我们的朋友
小时候，常和月光作伴
我们这群孩子，行走在风里
不知不觉就长大了

秋思凌乱

一条长椅蹲在树下
我坐在一端
让空出的另一端
在树叶里注册未来

没有一个人可以跳出去
这些树叶的经脉
就像身上流动的血管
有时候得学学青天
空着最好

椅子空着，不太在乎身边的来去
与秋天扯上关系的
可能是一串幼稚的笑声
也可能是动荡之后的哭声

白天比青瓷更容易理解
而此刻的灯下
无论日子怎么响亮
我隐隐听见了下山的驼铃

喜悦

儿子用学古琴的小指甲
剥一把瓜子，送进别人的嘴巴
那姿势，阳光在嫩叶尖站稳
说明，晨露能锁住的东西
不只是时光那么简单

作为父母，看见大片的绿
就会骄傲地讲，不能再犹豫
你可以试着走出我的手心
把天边拂开，将世界握在手里

时光慢下来，就能滴水穿石
把一个拖得老长的节拍
唱饱满，唱出气势
哪怕经历风雨，有一种
蝌蚪长成青蛙的喜悦

一些事情

月亮最圆时
我在水边追赶阿依古丽
新疆的云，像我的心思
一不小心掉在水里

星星把水纹披在身上
追着很小的鱼
在一株水草周围嬉戏
如果秋风不会游泳
一些事情就困于水中

水和我的眼泪一样
用身边这位阿依古丽的口气说
如果我们真的遇见海角的石头
要稀释掉那些无用的时间
把爱揽在自己身上

躺在秋的胸口上

这个臂弯很柔软
超越恋人实现承诺的时候
野菊花的呓语
停留在午后的阳光里

这片土地被承包以后
喜鹊逐渐增多。它们喜欢
把鹊巢安在大树的黄金分割点上
去讲述一段古老的记忆

躺在秋天的胸口上
从唇上揭下这个季节的容色
说不说到收获
粮仓里总会挤满秋天的孩子

躺在秋天的胸口上
有人假装咬牙切齿地诅咒
细雨不该用真切浸湿脚下的土地
那是触摸到了泥土的温度

从一场雨开始

院门口，我从外婆家搬来的芭蕉
已经长成一片林子
入夜，我听到芭蕉异口同声
用揪心的声线呼唤

从一场雨开始说唱
风的声部还会这般歇斯底里
凉意一出来，便和际遇
在灵魂深处丝丝入扣

一场整齐的雨来到我家
就被屋檐一一分开
借助瓦片，再次自然排列组合
于是，我学到了雨的力量

牵牛花从菜园爬上院墙
想要扶正晚秋的信念
遇上了雨，就那么一个转头
便看见自己肋骨的萧条

泥土自话

今夜，我必将润湿一次
于是，被百姓期待
我不想皇历在我身上一直干旱
只愿种子能够感动上苍
人间有一场雨
他们在我体内播下了那些诗句
有位农妇向我走来
又惊又喜
今夜，我绝不做贪婪的狐狸
不管有没有雷声
我必须因爱润湿一次

审视，有温度的存在

雪用水的另一种温度降下来

雪用水的另一种温度
降下来，落在我周围的世界
就像水烧开之后
开出许多圣洁的花
纷纷扬扬的北国
飘飘洒洒的南方
那山，那野，那土地
都在雪的内心深处成长
躺在雪的身上
我听见了流水声
潺潺的像孩子在山间奔跑
跑着，跑着，跑着
身上就长出了叶芽花朵

难得世界只剩下我的脚印

北风携雪花而来

给大家送信

雪，封住了我零乱的脚步

云层的背上

月亮依旧风情万种

风推着她的身体

孩子们快乐成长的目标

竟然是袅袅炊烟

月亮星星都成了风雪同盟

远方的灯光点燃冰凉的血

热血正从冰上升温

难得，这个世界

就只剩下我的脚印

这些花瓣转动的裸体

落花飘飘洒洒讲透了春深
她举起右手，把这片天空搅乱
走过来，又转身往里走去
那屁股在太阳的眼球上转了一圈
她的青春竟然有这般结局
跟着她进入花林的还有好多蝴蝶
好多斑鸠、好多喜鹊
以及好多妙龄女子的来生
春太深，这些花瓣转动的裸体
直到现在我依旧是那样喜欢

太阳走光的那一刹那

燕子不来，她不会出工
将自己放在一驾马车上
用编绳描画江山，打拼天下
太阳走光的那一刹那
小宇宙接住了来自星星的真诚
天空越来越新鲜
在她笔尖走动的日月
最动人的相爱相亲
是掏心掏肺和没心没肺
小宇宙一旦爆发
大千世界就陡然成了名画

走出一段命运

在腐臭的泥潭中
如果只是认命
你就找不到溪淙的快乐
沿途的花草虫鸟
在构成美梦之前
从出发到圆满
都经历过成长和打拼
春不暖，花不开
太阳在等候无家可归的江河
就像暮归老人在想念孩子
用太阳般的笑脸走出一段命运
须有金子一样的心
把自己变成健康的书籍
将自己炼成真金
之后，离开那片泥潭

邻居的窗口

从我这里到你那里

最好的表达，是几级台阶

你用清澈的露珠

注视着我黑黑的夜

我庆幸十指相扣的温暖

像是一座桥

立在老街与新城之间

立在乡村与都市之间

立在昼与夜之间

还有日和月、你和我之间

那些正在怀孕的土地

地表借用我黄黄的皮肤

内心深处有我的心脏与河流

你看我的时候

太阳在悄悄看着你

你想我的时候

月光会来到夜里

把一切思念

交给你和我

窗开了，我们是邻居

看见了种子的眼睛

在垃圾堆里捡到一颗种子
想起原野的不灭
世界的任何一个角落
哪里没有风吹?
跟每一棵小树成为朋友之前
我们淋着同一场雨

有一场盛大的爱情
叶爱过根,花爱过粉
而你,长成阳光之后
爱过许多人
因你,我听见了石头的心声
看见了种子的眼睛

风和你的头发已成为朋友
我看见了爱人的形象
如同你的眼和心
得感谢那颗被遗弃的种子
因它,春天可以新生
风起的时候,你最美

抱紧自己的来生

冰球从我额头落下，午后的人群
春天里过着冬天的生活
特别是夜间的双脚，踩着梦的光束
依旧还要过夜

对春天不能一无所知，虫子的冷暖
就是我的冷暖，欣赏种子的力量
我陪着阳光在冰层里转了一圈
听见父亲和他的朋友都在呼唤风调雨顺

明明是二十八度的世界，一夜间
冷若冬寒，春暖花开
不知道与我还有多少关联
我看见一坝菜花
在几百亩的友谊中，抱紧了自己的来生

眼前的真善美丑，如你所见

小草以它童年的天性
告诉头顶的石头
春不暖，花不开
藏在土地下的刀锋，认真切着阳光
被风刮走的碎片，多么骨感

我没法和大雁去比灵动的语言
何时花开，何时落叶
在风雨中逆行，主客都是见证
那些传自深山的回声
只不过是生命的厚度在水上的分期独舞

我眼前的真善美丑，如你所见
把美好和自己同置于另一种光景中
谁都渴慕太阳升起的美好
有时候，不得不相信一声惊雷
它能震开我们的内心，让爱流淌出来
形成一条河，可以穿山越岭

听，一朵花在咳嗽

别蒙上眼睛，听一朵花在咳嗽
曾经手扶盛世，开着最美的爱情
禅语一般，等你开悟
可是，经历了一段沧桑
废墟上，虽然那朵花依旧在
你可知它心中之尘
山坳与山顶的姿态，在法在心
阳光弯下腰来，坐在春风里
溪泉开合，呼吸用另外的技巧
以及尘世的所有祭品
小船向岸的速度，或难躲的劫
穿透厚墙，再听那一朵花
就没有理由不去努力
收集阳光下散漫的生命

寻找天使曾经的影子

春风的未来，是花的心事
是阿妈心中的几个孩子
像禾苗的明天
我的明天，背负春风的未来
在花丛中同雨水相遇

阳光把美好嫁接在桃李的生命里
而我，只能在琐碎的时间上
学会投桃报李
翻过一春又一春，骑着月光
去寻找天使曾经的影子

鸟雀坐在枝上，读着春天的眼眸
在远方的等待中种下一个太阳
执手脚下的未来，我醒着又醉着
只有乘风破浪，将平凡与伟大
一并埋葬在岁月的变故中

转动的雪国齿轮

长白山吐着自己的烟圈

我看见松针在雾凇里怀孕

一汽的旧厂房

哺育了一群穿工装的乌鸦

流水线上，车灯未成形

乌鸦窥视着沥青

推土机吞下了最后一块冻梨

履带将妊娠纹留在雪原

工人们把自己抵押给车床

只为换回铝制的月亮下酒

在零下三十度的产道里

松花江开始倒流

鱼群困在废弃的齿轮里

用鳃呼吸。冰雕解冻

有人看见自己的影子

正在红旗轿车的尾气里

练习倒立行走

此刻，卡在最后的一枚雪花

刚巧被腰肢与齿轮咬合

塞上月亮

把月亮埋进沙砾

贺兰山岩上的太阳垂下眼袋

西夏拓跋的鹰笛与黄河水声

秦渠与汉渠水满时

鲤鱼从龙门跃出

宁夏的塞上江南就这样被洇开

骆驼刺约我在风里合掌

寒光、铁衣，如六盘山的雪

当牧羊人拾起一段丝绸

你可知，羊皮筏子就是我的疆域

唐渠宋坝，粮食的筋脉

在稻浪上搏动，永不停歇

月光从泥哇呜孔洞流出

走过清真寺，我听见

贺兰石臼舂碎了羌笛与羯鼓

一捧黄沙攥紧了九十九场征伐

黄河，或这里的月亮

始终在陶罐里酿着米香

跟上春天，开始修炼

跟着阳光，湖面上奔跑着
一行行灿烂的文字
山上的树木已开春
我正在观看一场耕牛的比赛

黄土地上，许多棋术
被耕牛踩在脚掌下，可是
它也是一颗棋子，农忙时节
怎么也走不出这片土地

燕子在不远处裁剪柳枝
蜜蜂扛着斧柄，朝花朵飞去
歌声怎么一下就孤独起来
甘甜都躲在苦的尽头

第一只苏醒的小虫，开口便唱
在太阳的脚趾上
惹得露水一脸娇羞
跟上歌声，我也开始了自己的修炼

问候樱花的日常

此刻，满山的樱花
在蜜蜂的催促之下正在怀孕
九洞天自己立了新规定
那些走在路上的风
只许抬头，切不可伸手
带走春的花瓣
那些前赴后继的赏花人
把车停靠在路边
委屈地咬紧牙关，屏声静息
在美丽的花海轻轻游走
哪怕被礁石划破肌肤
他们也没有出声
怕有孕在身的樱花受惊吓
跋涉在回故乡的路上
简简单单问候
九洞天，停下樱花的日常

完成这项交付之后

在大山里，向花草借得一命
花草希望我能养活春天
万里江山，阳光遍地打滚
风一吹，如梦如幻

膜拜中，我完成了这项交付
我爱所有向阳的葵花
爱露水中的自己
仿佛一次次灾难之后学会的珍惜

心意转过，雨水落在睫毛前
再之后，我看见太阳的半张脸
跳跃在水花上，沉默在湖泊里
一旦临夜，又会看见黑黑的眼睛

写下一棵树

我写下一棵树，它的内心
像一个母亲，在春天思考花朵的后事
绿叶中，还未出嫁的女儿
仿佛深夜里倒尽的最后一滴夜

琴弦上繁忙的最后一个音符
像一块石头，被烈火烧过之后的白
一棵树，等身上的稻田被收割

太阳底下，金黄是谷粒饱满的舞步
这个母亲还是姑娘的时候
我写着一棵树的头颅

将最后一滴血写成有营养的露珠
把过去沉淀的美交给光和热
再把光和热还给春天
之后，放心地陪着树成长

我在等待自己的影子

冬天的近况，嘴唇干裂
风呼啦啦地吹，半晴半阴
手机响起，我看见春天的信息
一字一字在废墟中成长

夜空中，月亮像一架飞机
在云朵之上，护送星子归返故乡
被困在冬天，磨炼即将结束
我喜欢，在雪地里读书

只有相爱，彼此才能在窗口看见
在无边的梦里，我在等自己的影子
今天的星河我要，宇宙归你
明天我再从诗歌的故乡，接它归来

名字上的一堆骨头

温暖从车上传来，晚风
发出一则告示
有人，在想家的时候
化作一只鸽子

在瓷器上放开歌喉
在空中展翅低飞
每一声哨音都清脆悦耳
围成圈，可以画一个月亮

蝴蝶破茧，需要巨大的实力和勇气
就像成长摆脱戒尺
信心护身，保佑了一个成功的名字
名字上的一堆骨头，日月可依

把时光和故事组合成诗

城市和乡村有一道坎
彼此想念，朝着相反的方向
为一个梦遥望

目标在车窗外面
道路两旁，许多展翅飞翔的鸟
在玻璃上投石问路

为了远方，绝不反悔
把时光和故事组合成诗，汗水
不停追问钟表的心跳

外出之心，是春秋之心
庄稼和草木的理想，被装在心里
想家的时候，月光落在我身上

一生都在做的，是人
初心，始终不改
哪怕走投无路，也要做一个大写的人

请别去摘那朵花

我看见一枝带刺的玫瑰

从乡下开着进城，很鲜很艳

春天一次，夏天一次

总是那么动情

只要给它一块干净的土地

等雨水顺着阳光而来

蜂蝶与之相亲，鸟儿与之相爱

请别去摘那朵花

它开在四月的心中

开在五月的唇上

每一次呼吸

都带着新娘的胭脂和体香

一瓣挨着一瓣

组成了空中的月亮

奢香夫人

大定是我的老家，你的苦心
让英雄住进所有男人心底
今天，百里杜鹃扮演了你的五官比例

黔西北，高原上的大方
立着精准的度尺
所有砖瓦都与夫人有关

那个古镇是属于你的
那么多年过去，故事还在延续
新的钟音，把冬天击疼

远行至此的人，将内心交给天空
交给热闹之后的安宁
古镇内外，万物如此默契
夫人，那是你的一和一切

请出那支画笔

画一只斑鸠，停留在枝头
把唐朝的乐队请来
表演一场盛典
音乐，流淌在露珠周围

一架客机，听笼子讲自己的困惑
云朵下，斑鸠在找妈妈
在没有接到我之前
客机就是那只灰白的斑鸠

竹林变成笼子时
就像母亲教育孩子，把他放在生活中
今夜，月光是首徐徐爬行的诗
而我，只认识一支画笔

如果有一天，阳光会脱落
把那支画笔请出，连同山川河流
写一组潦草的名字，送给人间
你看：斑鸠，我，空笼子

折下一根树枝

河流同鱼群被搬到墙上
折射到光中，害羞如姑娘
在温泉里净身、嬉戏
之后，嫁给波光

花朵被搬到家里
盛开与凋谢，都是命
唇亡必然齿寒，爱和恨
只有两手空了才能把你抱紧

虚假不会有市场
你有你的侠骨他有他的柔软
我折下一根树枝
全心全意，只为画一个心脏

命运守在家门口

无数次，追着月亮清点家产
衣襟上，纽扣的职责
保证了身体不被风霜侵扰
不用担心春天会不会如期
至少，阳光不会缺席

我怀疑过雪凝的预见
它和人造卫星的判断不相同
三月，风停在桥上读书
读花草树木，读人间疾苦
读生命重生的次数

在地球之外看地球，胆战心惊
如果有一天，我们被风刮走
将如何让一无所有
唱到月满心口、花满枝头
来去中，命运依旧守在家门口

我可以自白

有关花朵的分量，对于我

美到极致有说不出的痛

喜欢一朵尽情盛开

却害怕另一朵败

春天，有那么多私语

是讲给你的

我把它藏在河边，藏进风口

甚至藏于草丛，当爱恋

深入骨髓

忧伤就越发沉重

熄灯以后，所有的星星

都抢着变成我的眼睛

在茫茫人海，照你归来

或许，你不会相信三月的残忍

许多竞争也藏于风里

得清楚，花的心藏在蕊中

蜜语不是表白，但我可以自白

开和败，同月末一起

请出下一个春天

与生活和解

我想土地是绿的

我想土地是绿的，绿出粮食来
摘掉一个帽子，再配上眼镜
在如此边远的地方，我曾对你说过
扁担两端的重量，跟台阶的高低无关
太阳下面，喜欢看着你的眼睛

日子从脚下开始
每一个脚印都有一份心思
我们之间，从一颗梅子走向另一颗梅子
酸酸甜甜长在青枝上
手指勾连，亦复如是

山一程，水一程，飞鸟越来越多
就在这片土地上，破旧的帽子被成功摘掉
阳光落在水里，把春天铺平
春天像个调皮的女娃，从身后
偷偷蒙住我的眼睛，从指缝
我看见了美丽的花朵

一个红石榴

诚实的汗水从不躲藏
他们面朝黄土
用后背听着太阳的颂歌
风之外，许多时光正在消亡

我想在地里多种几株青蒿
把黎明孕育在云朵里
请身边飞速而过的轻轨
选一个最好的日子穿过身体

蝴蝶身上的画卷
倒挂在台阶上，地里多余的热量
在天空下凯旋，似雾又似风
古老的族群，走到今天全是熟悉的脸

不管春天是否来临？都同温饱和小康有关
今日的一切，不能忘记汗水
在他们那里，一个寨子
仿佛一个红红的石榴

雪落在冬天的伤口上

亿万只蜜蜂离开云朵的怀抱
之前的雨或移动的阴凉
腾出一片天空，让花朵尽情怒放
让欢快和圣洁经营宇宙
你若融化我，我就先融化你
从目光到身体，再到心脏
这亿万双翅膀，背着农村的时光
你的心灵雪花一般美丽
穿透泥土的思想，黎明前
在我的老家，落在冬天的伤口上
落在乡村，岁月放飞的每一只小天鹅
自由、纯洁，闪着白光

村民的远方

山里人出门，大包小包
远方的那些未知数
无法用一组方程去解答
早晨，天平的两端在影子里倾斜
城市上空的太阳与乡下的月光
恋人一般，苦了相思

习惯于有露水时出工的村民
将汗水洒在山边，经常披月归来
一次远行，跋山涉水
最终的远方却是一家小小的工厂
一个小小的车间，或者
一家不打眼的废品回收店

从远方归来，日子跟年节很亲
许多故事关乎村民和城市的相处
城里人的远方在山里
山里人的远方却在城里
村民还有一个远方
那就是，从播种到秋收的路程

各选一次独处或群聚

各选一次独处或群聚，之后
将日历翻新，请来最新鲜的空气
将午后的岗位放在清晨
和土地谈一笔生意

把流水的骨头取出来，做成船
放在花朵激起的浪潮中
每前进一步，都有一座博物馆
陈列着光阴与故事

在夜里，做一个击鼓的人
只要夜被敲醒，混沌的宇宙间
雪人会自己营生。雪地上
渴望一行脚印，可以赎回春天

那些拼命奔跑的人，雨前
在森林里找到了心爱的提琴
倘若雨水知道眉宇间还有未散场的酸涩
就会召齐鸟儿，更早醒悟在林间

世界只剩下虚掩的手艺

爷爷教我用篾条编织门窗
先从砍竹开始，然后编就一个提篮
每被弯刀或竹子弄伤一次
手艺就有一点雏形

伙房外，爷爷编了两道篱笆
外面拦日月，里面关鸡鸭
忙完每一个早晨，得练习手艺
时间进去，柴米油盐自来

我家的灶王爷常说爷爷是实干家
奶奶在炊烟下的忙碌
粮票一样温暖
柴门边，有春分秋雨悄悄路过

爷爷被上天接走之后
只听见蟋蟀在柴门外与夏天合鸣
如今，梦已碎掉一个角落
世界只剩下少时虚掩的手艺

始终有一片蓝可以融化荒凉

精致的水晶，背靠月光
以花朵的口音
搭乘几行莺歌燕语
在春天宣誓
用一个比较完整的自己
去恋一片沙漠
说什么红尘杂念
世俗，没有办法懂你
夜色收起一年的忙碌
无垠之上
始终有一片蓝可以融化荒凉
这就是爱
用清澈激起的星光

这些日子比较深刻

在一个金色的国度
选一些金黄的日子
以诗的名义把秋光请来
放在掌心里

把时光铺开
绿绿的理念落在土地上
阳光下，许多花朵
在同一个花园里集合
又选择集体离开

鸽子落在屋檐上
将歌声与灵魂连在一起
蓝天那么生动
听见桂花串访的心跳了吗
这些日子比较深刻

两片完全孤独的树叶

童年，种在太空的星星说
将萤火虫请到天上去
与月亮做一次交换
再放进水缸里
方便每一次呼吸
岁月敞开心扉
用女人的口吻说
生命的意义
就是到阳光照不进去的地方
邀两片完全孤独的树叶
合成了一轮月亮
把时光温热，贴紧胸膛

故乡，梦与归

01
夜色中，九龙灯火清晰
白日里，桃花开过
村公所的灯光斜落在池塘里
正如黄昏的桃红
在它的婚期遇上晚来风
你我青年不同

02
黄昏，嫂子从田野回来
桃花贴着脸颊
额上的霞光开满了桃花
发髻辫着一条河流

03
公路是我前世的马背
庄稼更是我今生的菩萨
我是猪大坡遗落的一棵冬青

守着风里的枝头等你
木门需要打开

04
少时，暖风捧起泥土
守住枝丫青深绿亮红透
春天拉我到这里
树上，画眉叫唤斑鸠
它们喜欢虹，喜欢炊烟
喜欢露珠和麦子

05
红杏抛下三瓣心事
田坎上几行青燕
花开有声，阳光在听
风和竹影一起晃动
喜欢打听窗外的故事
06
窗前的一把黄豆漂泊去了
我看见蜀葵陪着稻田

把影子藏进花里
我不止一次梦见过她
如河水的爱情

07
石头与油菜的相处
竟然是以花期的方式
马耳，蒲公英，狗尾巴草
儿时后箐的红樱桃
果香长满我的身体

08
日暮中，蝴蝶舞过的田野
像长在土里的一块青铜
乐公的风是蔚蓝的
吹一宿之后
便在高官周氏的墓碑下
解开春天的红围巾

09

一段春色没有避开我

一条河清澈如蛇

一个石盆的雨水装满了春天

一只银色的小鸟衔着小路

一桩发芽的心事长成恋爱的样子

之后，我在这里找过它们

10

窗外，鸟鸣落在枝丫上

我到独库去寻一位心爱的姑娘

村子里，苞谷正青

一朵小花在窗下看我

她的眼睛清澈

宛如山顶的水井

11

脱贫，水塘的绿波与涟漪

像火焰，抱负一生

绕山而去的曲折山路

向着寻常百姓，剩下的时间

昨夜遇见我的风有失公平

雨和露水落在我窗外

阳光进来，花一瓣一瓣地开

12

每一条河上的晨风

和归来的人一起路过大棚

我们谈着阳光雨水

谈着夜幕里回家的蔬菜

饭桌上的盘盏

和驻村书记手中的计划有关

取下叶子上的露珠

走进扁担土，杨家湾与我一墙之隔

13

致春天也致使命

五千亩蜂糖李胸怀光明

五千亩辣椒红出了个性

五千亩猕猴桃已经生根
屋后蜡梅，不抢不争
池塘里的花蕊，和归来的人
陶醉，是春风的意思
美美地，停靠在母亲身边

每一朵杜鹃都明亮

站在乌蒙山的脊背守约百里

为一个梦，一个名叫中国的梦

奔跑在春天，穿越在火焰中

从不撤退，从不后悔

每一朵杜鹃，都在用心绽放

每一个花苞迈向花朵的路

都是一个崭新的指南针

向黑暗讨债，同甜蜜相亲

汤勺一般的夜，已早早醒来

阳光躺在胸口上，睁开眼睛

那闪烁的露水，张着小嘴

一年四季，季季都有花开

彝家姑娘的歌声，一点点弯曲

给人们抹上一把明亮，一把鲜红

清晨，在这攀爬理想的地方

一张嘴，就能咬下一口煮熟的阳光

在秋天呼唤你的名字

今年，最早抵达边关的是十月
在一块头巾上，听见阳关响亮的号角
喜欢秋天，一个七十三岁的老人
饮马百万，时光驻守在十月的枝丫上
用忠诚握紧绿洲的信仰

秋天的色彩，数金黄最漂亮
跋山涉水，红柳摇风
云朵下，百万株棉花披荆斩棘
以阳光的温度砥砺奋进
向天，是柔柔的希望

智者的秋天，走在复兴路上
像一个梦，可以劈波斩浪
这是战鼓擂动的秋声
今年，在地心历险的是十月
山川河流，高悬在星辰下
十四亿双眼睛，仿佛深情饱满的果子
选择在秋天，呼唤你的名字

拉开时光的第一张帷幕

春天，从一场大范围降温开始
从二十五度到零下五度
途经城市到乡村的每一条高速
停靠在泥土与石头周围

花香，从雪花飘飞的身影流出
沿着雪花背负阳光的汗水
沿着身体的每一根经络
储存在三个季节的体温里

明天，我将用掌心里的春暖花开
拉开时光的第一张帷幕
走出所剩无几的蛮荒
让文明的孩子演绎一段传奇

远方真的远吗

我们的远方真的远吗

几十双眼睛聚焦在你的眼睛上

一个学校，一间屋子

到底关了多少声音

收拾行囊，我陪你去远行

无论水上陆上

我只想折身回乡下

一撇一捺，用一生

写一个站着的人

说出心脏的名字

校门口

桃树和李树又粗了一圈

在希望的原野狂舞

越过太阳越过星空
九月依旧火热
把一种情绪铺延成河流
激动让低落躁动
手握箭，箭在弦上
仿佛果实熟透在枝头
它们听辨鸟语闻透花香
将一种恐慌拉细成路
攀崖上山，有进有退
像流星的眼睛
在暗夜里闪闪发光
因为爱一个人
我的心，力近满弓
在希望的原野狂舞

二月，在雨水里发芽

二月将在一场雨落下的时候
把世界打开
许多种子已在梦里开花
在雨水里发芽

有的领悟，盘活了乡村
窗内，我的孩子也要发芽
窗外，我看见闪电的尾巴
看见天龙的影子
有笑声，有开花的誓

二月，婉转的莺歌
也在雨水里发芽
黄牛用肩头把春天扛起来
我们，都靠泥土长大

小雪

你悄悄来了，轻如空气
纯洁是你最大的善举
是你透彻的人生
如果冰火相认
你把岁月下成经典
镶嵌在画中
在没有人抵达的那个角上
我在唤你的乳名
可你浩瀚，宇宙太大
无法抓住你的时光
这一地，下来就融化了
乔装，是你
给大地的另一种身份

沐浴在火红的阳光下

克制住风牵浪推
在这一场迁徙背后
难免要跋山涉水
要背井离乡

只要选择放松
一路往前的呼吸
步入鸿篇巨制
等同于大坝和电站的心跳

一朵云接走另一朵云
风景这边更好
它们生活的地方
离山河太近

一江山和水，一地白月光
曾经在山谷里烧火取暖的阿婆
沐浴在火红的阳光下
每天，都在广场上唱歌

竹笛

风轻轻拂过去，山上的笛子
吹响了小巧玲珑的唱词
此时，我想起屋檐和水池
想起了岁月之光
夜，把戒指戴在手指上
一孔一孔，救出了自己的故乡
孤独的船只还在继续旅行
我在笛孔中跋山涉水
你能猜出熟悉的乡音吗
已被困在歇斯底里的笛孔中
体内的二百零六块骨头
也被笛孔弹奏在风中

高过自身的一宿沉默

此岸和彼岸之间

有一座桥

像寺庙里最会玩乐歌唱的木鱼

去水中山坡，等一艘船

贵阳的这处湖泊

早已被岁月的安静说服

过了剩下的那一处冬天遗址

几座小山以醉人的春天住在水里

心若被生活劫持

就让绿色和蓝色蒙住你的眼睛

我终于明白

为什么水上的阳光要温暖一些

这些小山的表情

注定要比别处的小山出众

高过自身的一宿沉默

超越了红尘蝶恋

在春天，悄悄来到我的唇上

被囚禁的春天

昨夜天空属马，躺在一朵云上
远远看着绿波引路
我是高原上过来的客，赤着脚
听红尘召唤，放下行囊
今夜不再劳顿，借宿你心房
你在等待一次抵达，在你的原野
那里有蝉鸣琴声，百花齐放

远远看到你窗前的灯盏
像母亲般温纯的眼睛，慌张、莫名
那是多么圣洁的春天，不经意
在深深的巷子，被囚禁了四十六年
放开她的灵魂，我不停浣洗
直到听见内心清脆的回声

涓流之后，我看见动人的花蕾
她指引我，在她的公园下一场雨
帮绿叶滋养根须，带走被囚禁的春天

我知道露珠的使命，就轻轻叩门
如同心跳，也敲在她的心坎上
任奔赴前线的马蹄踏香而去

哦……见鬼，诗心灵动的天使
你的温情让我全身灼热
我快要被融化掉了，像雪花飞进你的嘴角
智慧的一瞬，闪过我的一生
我将在彩虹一样的烈焰中飞腾，猛然
你用晶莹的眼睛焚冶了我的青春
打开堆满芳香的胸脯
在心壁两旁，放开囚禁的春天
两颗渴慕已久的音符
在阳光的曲谱上，翻过院墙
执手相遇，以身以命相许，抬起头来
做一个信使，做一个勇士
剩下的冬去春来，不只是炊烟

昨夜

昨夜，断断续续之后
你说，让风雨来得更猛烈一些
这个疯狂的开采
最美，最柔，最能裹紧心脏
那是多么要命的呼吸
这夜，带着一生的秘密
因你，无名展开
像野荷的情绪
每一瓣都是升腾的月
风，乱了一座城市，乱了房间
就连头发也乱了
昨夜，水波涌起，潮去潮来
就在你辽阔的原野
昨夜，我放空了自己
无论故乡他乡，谁都不想

守住一朵莲花

守住一朵莲花，今生今世
就守住了人生的每一个倒影
那舒展的身姿，便是王

晴空睡在水面上
鱼儿过去，鸽子过来
定要许我，循着溪淙穷究你的泉源

守住一朵莲花，就抱住了爱的哲学
一展开，温存袭人，鲜嫩芳沁
一收紧，就收住了深思，收住了灵魂

守住一朵莲花，望着风的舒展
找不到理由，一心安然，谁不想
在春暖夏温的捉弄中就地埋葬

也写时间

风吹，草动，梨花，落叶

人世间，转变大面积代替了永远

春时，你退隐以后

留下多处零落知交，还有几树残红

本不想放出手中的鸽子

谁在叹息，谁又不在叹息

就连云海也留不住上面的船只

这长空，哪里不是透彻的寂？

我爱在秋天，追赶一缕云

可心里没底，曾见奶奶的饭菜

像炊烟，渐行渐远

你说，不能相见，还有理由吗

执子之手

去了，该不该去的都过去了
一滴露，一朵诺，一副碗筷，一张床
当你睡意晕眩，请抓住我的臂膀

回想，花苞嫁给花朵之前
羞涩中，真心真意不掺假
活像你现在的模样，满面春风

执子之手，告别旧有时光
在田间播种，在炉旁缝补亲情
取下头巾来，我们青春欢畅

尽管有一天，你会踱着缓慢的步子
把青春藏在壁上的时钟里
莫忘了，我依旧是你有力的拐杖

寒来，暑往，一起送别沧桑
执子之手，天黑到天亮
哪个抢先，奈何桥上苦饮孟婆汤

在你的水面

清晨一梦，我在战火中受了伤
一朵小花站起来，靠近伤口
氤氲开始蒸腾，在生活的原始里
检阅面纱遮掩之下，你美丽的胴体
只一次滑落，就是一部爱的简史
遇见，从偶然走入必然
在你的水面，我是那条深度迷失的船
你驮着我，飘飘荡荡，热浪席卷
我用朝圣之身，跪着这片土地
蓦然起身，如千万匹脱缰的烈马
涌入一道窄门，那里灯火通明

一株粉粉的蔷薇

初识蔷薇，不同的存在
买花的天使说，执子之手
一定要粉粉的那一株
带回去，种在有爱的泥土里

一株粉粉的蔷薇
像春天发过的一句誓
那玲珑的字，调皮的词
含着微笑，揉碎你

爱就爱了，粉粉的蔷薇
微风里，那么庄重的仪式
虽说淡淡的，路过你
却是三月，是甜润的唇

等候

这茶，为什么要在夜间酝酿
秋有秋的菊容，像蜜蜂的劳动
你喜欢在茶中丢掉过去吗
未来像花，春不暖，它不开
蜂有蜂的路途，你有你的脚步
莫等炊烟瘦细如初升
现在是午后，电话的另一头
窗前的夕阳淡了，渐渐躲进你胸口
就这样，在茶温的世界里
我，等你相拥而眠

多年以后

多年以后，山上那棵老槐树
依旧保持俯视的角度
驮着蓝天和太阳

面对弯曲、苍老和褶皱
与河水拍打河岸的时间一致
像瀑布，从高处倾泻而下

有一只蚂蚁流浪太久
不知什么时候
才能看清枫叶上的纹路

转瞬之间
喜欢把酒言欢的朋友
带着故乡归来了

炫音，有棱角的远方

头戴星星的黑蚂蚁

很难知道，煤对未来的想法
走出度量单位，将作为永久的纪念
像一束光，从明走到暗
再由暗的尽头艰难返回家中
巷道黑乎乎的，没有退路便是路
钻进去，黝黑的矿工
头戴星星的黑蚂蚁
密密麻麻，挤进大地圣母的身体
看着这些在光线里飞舞的蝴蝶
他们在向前走，满眼都是娃
向后走，肩膀扛着家

拨开世俗尘埃

一方净土，从纤柔的指间出发
借一杯茶相遇，我与你
在缕缕幽香中若即若离
访高山，寻流水，会知音……
丝与木，任天籁痴痴缠扣
余音回旋，绵绵不绝

三百六十五个日子远道而来
二十四个节气各有心音
金木水火土行走在岁月里的琴声
击碎了云朵的心灵
敲开了百花的命运
倒映在灵魂的水纹里，波光连音

拨开世俗尘埃，琴台上的风骨
从弦音的身体里走过去了
跳跃在指尖的舞蹈，盛开着美丽的人生
等夏溪涤净了俗世凡尘
抱着古琴，纵然风萧萧兮临易水
也要，打开秋冬的殿堂与风月和鸣

红黑相对而坐

红黑相对而坐，调千军万马
居一隅，行江湖风云
两个帝王点着各自的星星
动剑刃，抚茶香
战士们从天空赶来
隔着一条河，文武迂回交错
黑说红先，红说战地交换
放眼天地，绞尽脑汁
多方围堵，费尽心思
战马驰骋疆场，炮火瞄准对方
战局解谜时，就剩一张棋盘
胜败乃思考落下回声

兰亭曲水从梦中流出

经由我的血管，兰亭曲水从梦中流出
流进另一个梦
梦里江山起伏跌宕
梦里日月千年
在一张铺满画卷的时光里
请进"中国"

无言是美，空旷是诗
你莫问风从哪个方向来
别蛮荒，起先秦
神州大地，波澜壮阔
甲骨文并排黄河两岸
魏晋风华游走在长江边上
唐风宋骨又怎能老去

篆隶楷行草的深情流露在纸上
把山和水溶在墨里
让爱与美人相遇笔尖

让凌云志住进天下屋檐内

天地之辽阔，飞鸟背上的云朵是"书"

龙虎脚下的土地是"书"

净扫世间纷扰，一张纸的时光

挺着一个有骨节的"中国"

泼出去的墨

泼出去的墨，像一首歌
那是一段心灵的时光
将山河请进墨染的卷轴
山水，心情，在你的笔纸之间
花鸟知道钟爱什么

抓住一瞬，轻轻灵动
一个故事即刻活动在画中
岁月作为底色，它不怕年久失修
与大自然交往，心头的江山
不知浸湿了几尺光景

把光阴换成文字码在心上

中国这片土地
古老而神奇
以至于每一个汉字的眼睛
都有东方特色的光芒
把光阴换成文字码在心上
你的心脏也会闪闪发光

沿着每一行诗路往回走
《诗经》可以算作起点
生活的韵律常在云中飘荡
《楚辞》长得茂盛，枝叶深绿外生赋
唐诗站成整齐的队伍盛开
宋词把母语点化成日月星辰

把光阴换成文字码在心上
在哲理与思想、情感和意象最远的地方
中国这片土地，一直种着真善美
刨土，开荒，挑选饱满的种子
请你跟着我，把灵魂种进土里
长成诗，如春天的花朵

酒喝干，再斟满

你有足够的空间
酒就有足够的时间和心情
与你交杯换盏
把自由的高度推到灵魂深处

月亮掉在碗里，很安静
浓烈与缠绵，清醒与糊涂
只在一念之间，与杯子无关
被酒浇过的光阴很透明

酒喝干，再斟满
土壤、粮食和水都是一门艺术
它拒绝任何形式的束缚
拒绝所有虚情假意

酒，醉过李白的诗篇
醉出王羲之的兰亭集序
醉了张旭的万纸狂草……
我估计，也会醉下你的坦荡人生

花枝以外

无论开与不开，总想在花枝以外
以优雅的身姿定义春天
或者，在菜园东头
取出几片春色，作为标本
放进书里，把光阴留下来

告别多情的原野，进行一次旅行
任凭芬芳柔顺多少朝夕
有的花苞追随了风月
有的花瓣放下蜂蝶热情的赞美
做回属于自己的春天

花枝以外，我们需要一点空白
允许农夫做一个决断
所有想象都绕不开最后的凋亡
尽管心如潮水，青春也安宁
花也要干干净净盛开

把时光煮沸

取一杯中庸，请天地灵气
透过舌尖上的风唇
在一片又一片叶子上
与涌泉相遇

匍匐在山上，不争上供的荣誉
只在属于自己的世界
吐露山间绿绿的梦语
沿山路到达沉醉的最高境界

尝一口，茶的世界你会一醉再醉
我得泡上几壶春秋，渐次把时光煮沸
从涩到甘，五千年沉浮在杯中
由苦回甜，清澈弥漫

韭菜坪上的沉思

高原粉，高原红，起风的海拔
仿佛摇摆的灯盏，飘在空中
这山，如帝王伟岸
韭菜开花，纵使 3000 米的夜
没有一朵不是他的子民

站得最高的那株韭菜
背着春天，将身体交给深蓝
等露珠长满翅膀
从台阶走下来
摇着炫铃，笑得山也生动

有威严的天空，星月皆喜
脚掌再坚持，群山就矮下去
野上的花争着抢着开了
羞涩如女子，热烈也如女子
风一推，正巧情窦初开时

纺着响鼓一般疼痛的花事
讲彝语的土石说
每一抹红每一缕阳光
都是云雾的马匹
阿西里西，阿西里西

在韭菜坪上，手捧花香
捧着风与风、露珠与露珠的往事
一个人，带着一群人
有多少夙愿，能以山的高度
追上生命的高度

索玛花开了

四月，得把一曲古琴
雕刻在花瓣上
请万千花朵同唱一首歌

溜进索玛大草原
找到心脏，露珠用爵士的鼓点告诉我
你的呼吸就是索玛的花期

奢香岭上，血脉如酒的彝族姑娘
许多年以后，在蝴蝶的热恋中
见到了自己的前世真身

捎个口信，身体里的索玛花也开了
一百多里的芬芳岁月
捧着香吻，顺着阳光走过来

四月，百里杜鹃立着一匹野马
在风中嘶吟婉约心事
哪怕烟雨，索玛花依然动心地开了

威宁，诉之于静

威宁，搁在额前
将所有风景诉之于静
丹顶鹤苦心写完两地冷暖
选在冬天，选了轻柔
雪花一般归来
这是一颗奇异的明珠
这里属于湿地
云喜清晨，晓月爱漫野
蒲草喜欢深邃的眼睛
在这八仙海面
一头扑在碎晶晶的阳光里
威宁，在征服或被征服之后
用一种揉绿的蓝
为你，续诉前世今生

九洞天奇缘

轻轻打开天空，再狠一点
把时间推至一万年
或许，黑夜与白昼还在海里哽咽
有的沟壑，谁都无法越过

那一天，我一睁眼
这人世间，山已成了龙头
水却做了龙腰
九洞天，内心之美真到素颜

聆听，借水流的耳朵
大地之内的大地有不同的王国
天空之下是别样的天空
每一滴水，每一声响，都来自生命的根

在九洞天，月亮拐过月亮
它那内核皆有因果轮回
让光阴冲出欲望的猛兽不能入洞

没有什么可以怀疑

抖落在俗世里，九洞天拥我
借阳光把人间爱着
月亮被轻轻一推
就会摇醒遍地火种的夜

在九洞天，我看见穿梭的语言
像灯盏，像少女的曲线
占据着体内的篝火
难道还有理由不打开内心

只要保持澄澈的眼睛
同任何一粒沙对视
不用清风牵袖，九洞天皆奇缘
不是小爱，就是大爱

在这里，河流之上我无法细数
史诗中的海洋和陆地
只要草木有胸怀

无论太阳怎么转，也还是史诗

到九洞天，免不了一段奇缘
伏流，峡谷，溶洞，天坑
像鹰，在奇伟处猎抓你的胸口
从龙口天，雷霆天，金光天，到仙人洞
已被刻入龙的血管

织金洞沿途讲述自己

织金，官寨之胸襟，引以为豪
亿万年的故事，沉淀在一个万花筒
日月星辰隐于地下
多少神工巧匠，以七里之长
各自挂露开花

高原的内心，早已洞天宝宇
一组开启智慧的密码
你来，就会被热情轻轻打开
歌声在眼眶里打转
童谣已许倒挂的琵琶

进天门，过瑶池，看壁画……双狮迎宾
万寿山上，凌霄殿中，广寒宫外，讲经堂里
银雨树下，卷曲石边，金鸡独立，铁树开花
洞中北国，百尺垂帘，灵芝仙草，南葵斗艳
可同犀牛对饮，可与神蟾观天……

织金洞在沿途讲述自己

而我，做了一只受伤的黑颈鹤

只能用沙哑的喉管

不停地抄美，抄善，抄真……

笔和嗓子，算是我为你掘开的运河

绕不开的六冲河

爱黔西北，缘于一条河
不止于它是家乡与之对应的眷恋
在老家，我始终相信
山，是男人的魂
水，是女人的情

男女之间，六冲河如腰带
从赫章辅处的兴旺村
领命，带上水草与鱼群的嘱托
贴着山的脚踝，千淘万漉
转身继续前行

在家乡，这根腰带
系着舞者的青春
在毕节、纳雍、大方、织金、黔西……
直至乌江的入口，被峡谷咬住
才迫使自己从容下来

行走于乌蒙，攀缘大娄山
无论流水领着沿途的百姓走了多少年
都绕不开六冲河
人这一辈子，只有在毕节
才能看见驮在马背上的云雾

那些散落崖壁的美学，如石碑
经历过各种撞击
风化中，翻出一张白纸
等你去写
大山与大山之间那烫手的历史

几只啄木鸟，正用唇喙
啄开昨天的故事
黑暗中，试验区的蜕变让人始料未及
睁开眼睛觉悟，它声音单纯
只是，浮世中的人听不见

大方古彝梯田

大方，梦兮远兮。流浪
从泰国归来，只身寻访中国
除去之前的日月，二十五年宛若一条河
此生曲曲折折，不断向远
奔走在河的中游，或上游
亲亲泥土，春不会太远

四十年，或许只一半，大方
从泥土长出来的原始
有些野蛮。虽披星戴月
却不敢，猜想未知的模样
乌江智慧，大方人
像一群蚂蚁，完成了一场迁徙

一个麻窝，把身上的旧尘土抖落
阳光和雨水呵护，像圣女
将温情留在大方，那是她的身体
古镇之下，上灯之时，一朵莲花

半开半卷中，英雄醉了
简单下来，却是不简单的坡地

在这古彝之地，且不说
从石排沟通向云南的交通枢纽
就这一坡的梯田
赶在新时代的呼声里
爱，在汩汩流淌，无数眼眸
奔赴在梯田最为动人的婚约里

我试图读懂牛的语言

我家的牛每天都在讲话
它正努力表达出一个国家的智慧
在粮食和粮仓相爱之前
在马群背起整个乡村之后

重新审视站立的姿态
马匹已随驼铃远去
青山绿水之间，乡村是新的
仿佛晨起的太阳钻入露珠

我试图读懂牛的语言
顺着草地的新绿寻找花苞里的春誓
循着云朵里的清水
读到还来不及反应就看到的秋收

我试图读懂牛的语言
为清醒，坚持早睡早起
坚持绕过容易

独立于在困难面前立于不败之地

老牛似乎在说成长和成熟
幸福和痛苦一路都在仓促之中
农村和泥土的味道，在老牛口里
像九亿个细胞勤劳的力量

七月的遐想

月光对河流说，七月很拼
有一道彩虹躺在床上
用手指划着相思，或者另一个岸
划着另一双眼睛里的期盼

一个桥墩相约另一个桥墩
请一只鸟担负搭建重任
自上古走来，亿万双眼睛聚集的力量
不只是羽翼上托负的春与思

七月，某夜，许多无眠
仿佛一声声呼喊被现实抛弃
在树黄的时候，想绿
在枯萎的动态中，托梦

许多繁简，就像小草与各种花朵
爱与不爱，在一场雨和一阵风之间
前往远方，风雨和歌声
联通了无数重复的脚步

寻找天使

春风来，花有心事
阿妈心中的几个孩子
像禾苗，织绿明天
背负着春风的未来
在花丛中
同雨水相遇

阳光把美好
嫁接在桃花的生命里
而我，只能
在琐碎的时间上
学会投桃报李
翻过一山又一岭
骑着月光
去寻找天使

鸟雀坐在枝上

鸟雀坐在树枝上
读着春天
读着你的眼眸
我在远方
种下一个太阳
执手脚下的未来
我醒着又醉着
只有乘风破浪
把梦与现实
一并埋葬在
岁月的变故中
等待着
来年冰雪融化

最美的爱语

夜色一个微笑
像北斗七星
讲述着这一带的地理

我突然想起
迷路时的指南针
河边那几棵柿子树
以及水塘里
成群结队的蝌蚪

想起每一个清晨
在群山之巅
升起的淡淡薄雾

想起每一个手语中
渴慕的眼睛
与每一朵小花的温度

它们听过的世界
不单是鸟语
那些调皮的蝴蝶
总会在花瓣前
轻轻拍着翅膀

这夜色之后的一切
常在水边
对石头说水声的明亮
我知道，这些石头
让最美的爱语
激起涟漪，翻越千山
直奔海边而去

把歌声晾在花瓣中

芝麻开花了
母亲掬起笑容
芝麻还是种子的时候
母亲在教我们
打扮季节
沉默一段时光的风景
弯着腰，把歌声
晾在花瓣中

只要花朵开口说话

只要花朵开口说话

就有一个神秘的窗口

尝到清风的甜头

也有尝到了明月的温柔

母亲拍着胸脯说

这群孩子

总是争着抢着

与春天比速度

与夏天比成熟

母亲在菜地点灯

母亲在菜地点灯

就连鸟雀都能看到光明

慢慢挪动身影

锄头也学会了歌唱

我听见，我听见燕子的呢喃

在低矮的天空

有一盏灯

从一块稻田

跑进另一块稻田

轻轻地，落在母亲手中

那一管竹笛

屋顶有无数颗星星
水中有一个月亮
你在我身旁，屋里屋外
春天像一只小鸟
撞曦光，碰疼云彩
你那一管竹笛
让我看到了雨后春笋
空杯斟满火焰
你为什么不醉不来
同醉，就星月洗面
用桂花的芳香
革面洗心
你原本就是我的月亮
像将熟的梅子
看一眼，我的土地
就不会干旱
我愿做你的杯中酒
干了我，春暖花开

给你一把锄头

今夜，风从老家过来

云朵上面，无数颗星子望着我

无数个问号朝我扑来

白天买的雨伞，已撑开

去迎接雨中的世界

夜里，竞争一旦发生

比冰雹还激烈

花朵拷问我，灯光照顾我

贝贝提醒幸福

我试图提醒贝贝

我记得月亮教我经营的婚姻

贝贝的嘴唇，濡湿红润

剥开云层，骑剑而去

星子下，天空依旧明亮

虽然，那段日子由阴影组成

可光明总是带着宽容

没有别的，给你一把锄头

满身镌刻故乡的种子

你说雨水来过，又带着花香走了
有多少太阳，埋葬在山洞里
山川与河流不过是
那些枝干与花瓣的恋情
就像妈妈与孩子的关系

过去低于贫穷的台阶，低于幸福的努力
从理想与信念的暗流里活出了姿态
从汗水的浇灌中挺起尊严
让生死荣辱，以稳健仰视太阳的高度

一颗满身镌刻故乡的种子
躺在泥土里，像母亲孕育孩子的肚腹
春风来时，如同一潭溪水
暖暖地将历史溶化在深邃的天空之城

有炊烟的地方，一定有生机
一颗种子在不同的高度

寻找一切，迎接一切
无论时间怎样轮回
都能将故乡的夜色点亮

有一瓣春天在桥头开过

向远，一只小船载着春天
仿佛少女头盖纱巾
记不清是多少年前的老家
赤脚月亮一听见婚约
就将油灯送给夜晚

奶奶说，月亮上住着美丽的姑娘
我想，那座叫广寒宫的宫殿
谁不食人间烟火？终于有一天
三轮举杯之后
才看到微笑伸出右手
恭请桂花的芳香穿过宫墙

醉躺在月亮洗过的村落
分不清是来自天堂的精灵
还是地狱的使者

黎明刚展开翅膀，高墙下

一个孤单的影子
拉开月亮的伤口
有一瓣春天在桥头开过
像奶奶的小时候

黑黑的头发

从大海尽头走来
我黑黑的头发
比铺在山上的植被
长得更可爱
树叶和草尖
最前沿是我眉毛上的节奏
所有笑声都是年华

太阳从山边
绕过第一声狗吠
鸡鸣，祖父催我
因此，最先看见
南方青青的稻秧
还有北方滚滚的麦浪

听溪泉翻唱童谣

听溪泉翻唱童谣
万亩樱花齐声说
五千亩油菜花的爱情
要结好果了
我清亮的眼泪
在樱花凋零之前
铺满在小路上

看见微风翻动的春天
桃李的孩子
藏在斑驳的花影里
仿佛有一个电话
从另一个春天打来
那个舞动双脚的姑娘
做了我的妻子
任和风暖暖地吹

不必计较

不必计较，不觉
树已经长大了
风雨中，果子的经历
如同一块骨头
熬了一个冬天
脱下陈旧的血肉
到处都能闻到
花园的体香

阳光检查花朵质量
选在下山之前
把温暖存进花瓣
给流浪的灵魂建一座房子
而后，用尽毕生
去拥抱青春

你是我的女王

雪地里，你埋藏了
九百六十万平方公里的期待
驾着一艘小船，你一路
从盛唐归来，洗净满身尘埃
进入血管，复活我的春天

九百九十九个冬天
从你脚下经过，所有故事
或传说，上下五千年
而你，在一场场仪式中
走着不同的梯台

你是我的女王
从站起来的那一刻起
穿过黑夜，在你的王冠上
那颗红透时空的星星
闪耀着无限的爱情与亲情

这些年，青山绿水间
一座无形的丰碑

汇聚着无数奋斗者的力量
撸起袖子，精准扶贫
筑梦路上留下许多壮丽的诗章

你是我的女王
婚礼之后，你召唤日月
在艰难苦恨的背后
用阳光雨露，浇灌着我
和你的江山

春天准时到来，你降临
一坝坝田园，一阵阵炊烟
一棵棵小草，一个个花园
一条条河流，一座座山川
哪里不是万紫千红

还是这九百六十万平方公里的土地
女王呀，请把云朵停在河流之上
让风睁眼，看看我们的爱情
暮霭，金山，银山，露珠，栅栏……
山河因你，已诗意翩翩

今夜，爱上你了

今夜，花瓣如数打开
我将前世的梦
错放在你今生的胸前
一朵玫瑰香
搅醒了我的蝴蝶梦
不知多少怨和恨
磨损过旧月光
我真不想躲避花的温度
只想把星星擦亮
害怕碰上你的旧伤痕
你说你喜欢小白菜
独爱，战场上的那滴血
灯光虽然暗了
我却不想
从你的梦中逃掉

春天需要提前一秒

在花含苞之前

我要借雪的旅程和风的速度

让春天提前一秒

不怕小路上的黑

不惧大路旁的寒

要让那些痛苦自己倾斜

而后，在心脏里种植春天

任何江山都有梦

哪个灵魂，没有羽毛

看见你胸前的花朵

我想悄悄开花

让自己的树枝拼命长大

花纹上绵延的青山

一醒来就告诉我

春天需要提前一秒

风的形状

不知道从什么时候起

我喜欢上了崇山峻岭间的麦地

麦苗正值青春

在苗浪身上，我看到了风的形状

闻到了馒头诱人的清香

我梦想有一天变成一列飞驰的动车

从大山里钻出，在平原的尽头收割风景

如果有一天，雄鹰借我翅膀

悬崖边上，我要自由飞翔

任风穿过翅膀和脚掌，甚至胸膛

远处的森林，把所有养分

交给一阵风，送进每一种生灵的鼻孔

深谷中的小溪，解决了我的迷茫

无论在哪一块地里行走

只要有风，我就有坚定的方向

我知道，种子弯曲的身体同我一样

大树挺拔的姿态同我一样

石头坚硬的骨骼也同我一样

只要有空气流动的地方

就有风的形状

我和冰雪打了一场官司

那是一首歌，写给你的
某个深夜，被你一唱出来
却成了一张珍贵的欠条
上面是我这辈子欠你的所有时间
穷人家的孩子出门时
发誓，只为你打工
他将用毕生偿还你的人间烟火
我还欠你一对蜡烛
欠你一个红红的喜字
在你身陷黑暗时
用青春和热血照你走出
为此，我和冰雪打了一场官司
四十多年以后，之前的冰与冷
被判，赔你一个灿烂的春天

铁树开花

数了八十一棵
突然有一棵铁树开花了
那么多岁月积淀
集中到一个指纹里
抖落一堆古老的汉字
从清晨起身
到晚暮在院子落脚
总有一个微笑
被用来记录铁树的真诚
机会太少
却有着稀有的傲慢

印记

木头说，往昔不会夭折
脱去黑白外衣，印记
不止长在身上
只要春天转身离开
秋天不久就张臂而来
在树叶泛黄的时间里低头
谣言比落叶还多
不要再怀疑一只蚂蚁
繁花也有命运
圆满与残缺在任意一念间
都能独自行走
一旦放空优雅
所有错误都能找到罪证

回你信息

回你信息，心是眼睛
山选溪流，我选花树
你把眼泪一抛，到阴暗处
哭远嫁有多不好……
我轻吸一口气，让言辞感动
让字迹走进你的血管
长出包容，长出强大和微笑
再作为礼物献给你
我常躲在你软碎的请求中
等候蓝天在头顶静止
之后请云朵跑到你的翅膀下
你看，云里有诗藏着画
你的羽毛上有词的旋律
幼虹最脆弱，却活出了色彩
生活中，还有什么过不去的坎
就这样，天快亮了

送你诗

在湖里，我潜入水底
把藏在水草中的心灯点亮
而后，变成一条鱼
缓缓张开嘴巴
说出每一棵水草的名字
这里原本是一片山地
在筑坝之前
画眉鸟披满勋章
风可以打开它们的翅膀
我如果要送一样东西给你
那便是诗，鱼儿露头
词句发于心
没有谁能将一根鱼刺
从它身上除去
春风和屠刀也不行

教儿子写字

身要端正，腰板要直
笔和手都有最帅的姿势
一笔一画一山川
一勾一捺一江河
山有丛林，江河有水有船只
林中花草日月虫鸟
是生命也是时间
水上的光影、褶纹和涛声
有黑夜也有白天
还有那些点，宛如粒粒尘埃
得让它自由降落下来
落在石头和泥土上面
把一个家的成员写出长幼尊卑
把汉字写成一寨一村一座城
便可以站起来
在一张普通的白纸上
铺开一片海……

刃上行走

祖先，同皇历一样藏于山洞
怎么来，去哪里
将现在和往事放在一辆车上
山洞久远，前方未知
除了枯骨和阳光
我什么都不要
那些攀缘的花朵终究要付出代价
是毁灭还是燃烧
春风和野草都有故事
在岁月这把刀刃上行走
总有一滴水可以治愈脚掌和心口
过了离人的难舍难分
就想在水中看看山的真面目
以及树的虎龙之躯

沙漠之行

挑战沙漠，慰藉甚少

喜欢骆驼，它可代言的生最有希望

借沙砾作为文字，挨挨挤挤

写下的日记总沾点腥味

水，存货，氧气，私欲

有多少素云可以浸透这辣辣的日光

脚步迈出，总希望这里有树林

有河有桥，有人家

顺着指南针，走到更深处

深处再深，什么也没有

有的只是虚脱，往深了想

还不如做一粒石沙，或水

不用选择，随处安命

给未来的信

在大城市，写信给未来
不是每一句话都能翻窗入户
每一份情愫的重量
像被恋人随手捏皱的诺语
街上的路灯，默默站在那里
你亲近，它便照亮你
被风牵手的楼宇
有时热闹，有时又略显孤独
月，把夜越摸越软
脸，被风越抚皱纹越深
不知什么时候
心中和眼前的辽阔才会被打开
给未来的信纸
翻开之后，还能不细读吗

故乡的味道

无论向前向后，同鞋底最亲近的
是路。山与山邀约，水与水相处
每一步笑脸相迎，都走出了心脏的温度
年轮，在树木心中，在祖父额上
即便露梦追逐露梦的清晨
也会秀出一条条清晰曲折的纹

光阴的故事，甜酸咸辣苦
沉积在每一朵花瓣中，在每一株小草的呼吸里
芬芳，三月与五月不由自主。贵州，是一杯酒
每一声呼唤，奔跑在田间地头
煤油灯下，母亲一针一线缝着我的乡愁
有些时候，风雪雷电筒直就是一把梯子
爬过艰辛，星空才是最好的归宿

在我身边，经过了一些渐行渐远的身影
也迎来了许多五味杂陈，包括每一寸阳光
披着羊皮的，揭开婚纱的，以及风景

守一颗初心，没有哪一段经历不是修行

天蓝时，我陪禾苗生长，绿水青山皆乡愁

池塘边，"月上柳梢头，人约黄昏后"

第四辑

绿光，风景镶在眼角

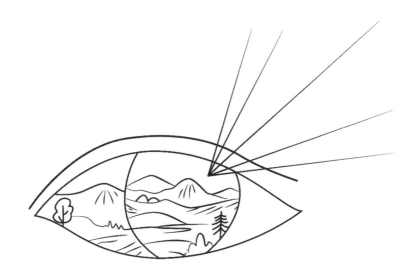

一个嘴馋的孩子

差点忘记三月有这一天
门前，一棵小树开花
花叶各抢走几滴露
有一部分倾斜的阳光
被燕子衔去筑巢
那些写在花瓣上的灿烂
风吹醒的不止院落
光线的使命也不止温和
锁在办公桌上的皇历
居然挂了几个果子
蜜蜂已从花间去拥抱云霞了
喜鹊也提前来安了家
一个嘴馋的孩子
东奔西跑后，在树底下
偷偷地放了一把肥料

假如黄昏将在花瓣中去世

你的日子，经常被风
桃花般一瓣一瓣剥落
蝉声到来前。花朵
含泪度过了最美时光

风和小和尚一起来
他们的线条既有韧性又理性
只要打开夏日的心窝
路途中依旧有欢笑

在时光隧道里摸索
春天交出第一个晴朗
夏夜就会触到最真实的痛
冷却，也有醒目的伤

倘若老天摊开手掌
让一棵树，一枚果实走进去
风的无声无息
让无关紧要的日子有序

假如黄昏将在花瓣中去世
我一定要深爱那个女子
抚摸她的梦，膜拜她的心灵
同她演绎寸断肝肠

至少，我可以把根留住
哪怕有再多的埋没
也要让生命不朽
让洁白贯穿内心

一群棉花的孩子

一群棉花的孩子

组建了一个青春乐队

小提琴的身体中

藏着一座疯狂动物城

他们开始演唱

各种动物就会狂奔

动物们将几根线

织成一张网

网住日和月

网住每一个音符的颤动

我不是棉花被

我只是一个弹棉花的人

在青春的律动中

加入了这个乐队

在窗户和门的眼里

在窗户和门眼里
我不一定是一个完整的人
虽长了人一样的脸庞
穿了别人试过的衣裳

打开门，推开窗
确认屋里没有其他人
站在镜子里的那一个
才是最真实的自己

太阳在窗前落下又升起
光阴从门缝走进又走出
床上躺着一个爱做梦的人
我醒来，触碰到梦的身影

此刻，千万张嘴巴对着我
用同一个声音对我说
灰尘都行动起来了
做个践约的人怎能懒惰

一杯茶中与你相遇

炊烟中，有一个故事
那个爱朴素的女子
正好长发齐腰
足够美化和感动一片茶山

阳光从她的怀中
借走了许多美丽的孩子
一杯开水满上了
满屋都是茶香

顺从水的命运
跟着溪流回到山脚下
在女孩的身后
开满一片金色的油菜花

一杯茶中与你相遇
凡是舌头能触及的味道
就像故事的主人一样
低着头，只待抚摸

我看见你微笑的时候

我看见你微笑的时候
泪花显得更加透明
起伏的连山和蜿蜒的河水
让一个人的爱情传世

晚风轻轻睡在屋顶上
月光在风的身上凿了一口井
如同你微笑的眼睛
在屋檐下来回转个不停

我看见你微笑的时候
古城以他的古与老
在长街上寻找一条河与一个池塘
只见你的笑容莲花一样漂亮

想起一首歌的翅膀
在你眼里，潭边的天空
挂起一架彩虹。而后
从眼角爬出一颗金珠

黑色的心脏

乌鸦之神来了
一些喜鹊不予理睬
照样张罗婚事
谁知道，明天
裁判长会吹哪一方的哀歌
神龛的位置
再高也高不过
黑色的心脏

写给故乡的情书

从母亲的子宫走出
蹚过岁月之河
我那一串渐行渐远的脚印
像一群汉字
从父亲肩头走下来

踏在故乡身体上
游走人间冷暖
以一种声音的力量
穿透心灵
穿透整个中国

我有一封写给故乡的情书
在遥远的乡村，管他山里山外
像一把镰刀的光泽
经过麦地与稻田

经过家人

经过月亮经过星星
就不告诉蜜蜂
那是写给青春的证明

不知五千年该如何称呼
今天的梦要顶格写
顶格是给家乡的敬畏
给庄稼追肥

撸起袖子，汗水对汗水归类
桥梁联通的两个蹲点
那一坝坝梯田一坝坝柳烟
是爷爷的嘱托
是父亲的党章母亲的针线

这封情书，每一笔
都有小草一般的力量和色泽

任由阳光洒在标点上
雨水落在根须旁

一行记录风调雨顺

一行苦尽甘来……

一行不怕风吹雨打

又一行国泰民强……

信仰在船与水之间

海水在即将死亡的鲸鱼眼里
转个身盯着云中的世界
渔人用龙骨打造了那条船
在海上，仿佛女人孕育生命的子宫

风穿上蓝色的裙子
在海面翩翩舞了好几个世纪
有时，船只被卷到风的舞台上
因此搅碎了月色的睡眠

鲸鱼瞪着船舱
猛然间，太阳跳出海面
夹板像铺满鱼鳞一样金光闪闪
不知是渔夫捕获了鲸鱼
还是晨光捕获了渔夫

可以从昂贵的龙骨去追踪一条船吗
一种主义诞生的旧址
若干年后被海水埋了上万公里
渔夫的信仰就在一条船与海水之间

水里的镜片碎了

做回一条自由的鱼
我把家安在水里
他并不知道
水里的国家有不同制度
我有一副镜片
若干年前
专为陆地制造
若干年后
还能看清海底世界

在水里同外族相处
单纯没有出路
糊涂又难倒糊涂
戴上我的镜片
去周游一圈
不料镜片一下就碎了

看不见从前

也看不清身后
在雷声撕裂的水中
我摸到了良心的坟墓
后来拾得一块镜片
依旧有些空无

贵阳，诗和远方

轻叩诗词的门窗
我与你相聚在绿色的贵阳
走进曲赋的殿堂
你与我相约在传统的路上
捧一卷诗书黔中寻访
名寺梵音伴醉了荫凉

写一组曲给筑梦的自己
用童声唱到久远的夜郎
浓浓的情，爽爽的风
笙歌领你到了久违的画廊
我在黔灵山下等你
等你在避暑的天堂

赏一轴天然的画卷
蓝蓝的湖山散落蓝蓝的梦
唱一位先贤的赞歌
知行合一连着你和我
钟灵毓秀美了爱的月亮

轻叩诗词曲赋的殿堂
阳明祠肇兴了人文伟业
甲秀楼见证过历史丰功
无论你在哪里歌唱
贵阳都有你的诗和远方

我信任每一滴水

鱼虾蟹蚌相聚水底
遇见豆芽，以求生的思维宣告
我们信任自己信任每一滴水
就像猴在树与树之间听到枪声
手脚总会快速听从大脑

光阴后面的光阴
有一丝风悄悄吹痛从前
河边咕噜咕噜的水车
太阳底下记住了河水的呼吸
它让星星在一块石头内部找到自己的骨头

一滴滴甘露在草叶的尖上闪闪发光
放眼望去，有无数颗星球在转动
把一场爱情许给地里的庄稼
我学习鱼虾蟹蚌，信任阳光信任雨露
从信任晨曦开始，幸福落在睫毛上

我生活的地球，流淌着民族风情
我期盼大地生出草木
草木拥有我的心
我信任蜗牛，蜗牛就爬上青草
晒到太阳，也晒出努力的自己

我像鱼虾蟹蚌一样，信任每一滴水
光阴的故事里，希望时光能手握玫瑰
赠你数朵雨伞，赠你窗外的世界
我不愿被干涸逼出可怕的面孔
从一滴水起始，我就信任了周遭
信任水，信任一切的一，一的一切

又见樱花

又见樱花，影子说
花瓣是你不能抗拒的前世
生命被日月揉短
而后又拉长，变成今生

乡野的花
在一夜间尽情绽放
露吻蕊，如仙子的爱情
我扶起自己的影子
谁知搀扶的全是生的重量

满树醉红
在我久违的梦乡
一位姑娘
将爱情浪漫成寂寞

只要风过，她就飘香
哪怕是荒芜而无人搭理的地方

落英缤纷，撒一把晨光
我爱上了浪漫的女王

好美好痛
一场樱花的舞典
在温暖的风中
莫名湿了我的脸庞

在被思念踩碎的脚印里
轻盈、真切就是这样
花瓣是一面镜子
眼角寄存着你的泪光

一杯红酒

天有多长，地有多久
说了一箩筐谎话
也没有具体的度量
这一杯红酒
饮醉了多少笑和泪
不用说谁是谁的花季
谁是谁的佳期

一朵花凋了
哭着葬在酒杯里
路过的鸟儿说
一世芬芳纵然多情
不知多少人会等

见枝头萌芽
就盼含苞开花
待到花枝绵绵倾国
就这一杯红酒
埋掉风和雨

为美丽哭泣

蝴蝶驮着一个人
进入古城，吐出一只耳朵
为山与水的爱情助阵

远处，蝉声如机器一般轰鸣
在泛黄的水中
将日子哭熟

岸上，不知情的花蕊
在一组光的抱怨里
为鱼儿吊了丧

石头还没有哭出声
古城旁边，不相干的一群白蚁
咬住坟地的暮色哭泣

琴鞭抽身

蝉来时，竹林里
藏了一把古琴
不分老小
所有路过的人
都可以聆听

在父亲的眼里
远去的车程
等同母亲复杂的心境
常来恼人的气候
在母亲心口
交叉了季节的脚印

几束芳香点燃的灯光
从一条门缝
一直走到远方
那些挥过脸庞的袖影
放不下，回忆中
懵懂的年轻

今夜的月是满的

今夜的月是满的
一曲合唱从远处飘来
今晚，我是夜的客人
兄弟，请与我
同饮一个月亮

竹林中，老歌
还在身体里安顿
打造一个健康的真身
从黔灵山麓走过
山上传出智者的声音

倘若高楼看不见我的灯火
我要回到崭新的农村
在老屋的东头
翻修恐惧干枯的古井
重新织一片森林

昂起头颅

院子里坐满我的亲人
这是谁的杯子
装满了琴韵
星夜的露水里
我一饮而尽

昂起头颅
在每一座城市穿梭
不承想过
会为一杯咖啡倾倒
菩提榕发芽了
细嚼能嚼穿苦尽的美妙
请在没有轮回时
一同住进绿绿弦音

雨中蝴蝶

上次见，在金门的郊外
你从贵阳归来
树梢与树根之间
高贵的头骨和无力的膀羽
在热闹的春天里孤孤单单

现在见到你，在蒙蒙细雨中
歇落枝头不能动弹
小心翼翼将你捧在手中
瞬间，你花枝招展
给了我一份沉甸甸的重量

你是我的伴者吗？
你在呼喊，雨中
我将你的声音
深深纹在心上
雨中的蝴蝶，你是
我久盼的新娘

等到白驹睡醒
我就到台北运嫁妆

当一切河流解冻
透过那场雨
我又看到了
一双归来的翅膀

听见埋藏的回声

麻雀日渐少了
古树也慢慢枯了
泪水从季节里冒出来
不猜测欢乐
也不怀疑沉重
熟悉的葡萄
是不是错失了什么

我头顶的天空
什么都没有
神秘的喜鹊躲在黄叶里
风停了，我听见
埋藏在山谷的回声
树芽口渴的时候
麻雀啄过的今天贵过过去

给远方的花朵

海太大，要是真的枯了
爱还会永恒吗
山太空，如果石也烂了
沉没和怀疑算得了什么

新梦追赶旧梦
长夜躲在你的路边
只要不同牡丹一样盲目
定会寻上蜡梅的清香

掀开神秘，你的青春不可思议
人不能经久活着，也不会
轻易死去。光阴
唾弃一切欺骗与虚拟

匆匆的生命
青春和花朵都会凋零
除掉引诱和腐蚀

只有大自然的秘籍
才能读出日子

生活有若干不易、辛酸
只要不惹忧伤轻愁
只要不患痴愚病痛
坚强就会阳光

可以不要的不要，但要收下
大度与从容，舍得与自信
分享、珍惜、低调，坦然面对成功
守侯，感恩，收获别样幸福

远方的花朵，爱的宫殿不是墓地
你看，未来我们的村庄
夕阳下山，我会守在山边
等到生命没了，一起长眠

江南有雨

江南有雨，绵绵，绵绵……
君问归期，缤纷花蕊
唱起了动人的小夜曲

江南有雨，沥沥，沥沥……
同菩提小语，孩子在摇篮里
饮下了妈妈的雨露

江南有雨，滴滴，滴滴……
动人的故事，人家屋檐下
曲曲悠婉卷珠帘

江南有雨，斜了，斜了……
又要哪里去，唐宋的钟声
扑通掉进小河里

不能忘记过去

月亮翻窗而入
揉碎了酒瓶
今夜想要抓住什么
爷爷说，皇历撕下
是伤痕累累的日子

一百年前
一个伤口痛到流血
爷爷用月光的速度
在荒草中
砍断两条白蛇
裹上夜，扔进牛圈

那些纯粹的日子
有勤劳的手
打疼我的屁股
在爷爷的故事中
我也想，砍掉
男子主义的根须

命 运

一路上，爷爷的命运
改变在河流中
水里漂浮不定的常青藤
用孤儿的勇气和胆量
抓住了爷爷的生命
爷爷游过去
彼岸没有饥荒
忘不了伙食团
还有粮食关

荒芜的山坡上
种了很多青冈白杨
林子长成
来了成群的野狼
因此，村寨的命运
笼罩恐慌
谁家的牲口
都有可能遭殃

天色晚了，有狼
扛走一个孩子的尸体
刘大撞上，骂
不要脸的野狼
狼就冲刘大发起攻击
幸好，爷爷劈柴路过

不能忘掉过去
倘若生命
不如石缝中的种子
又怎能同鬼魂血战
倒不如说生即死

寨子传出枪声
狼群不再左右命运
之后，饭桌上多了一面镜子
往深处看
镜子里有很多尸体
爷爷说，有一具
葬在崖下的破房里

只有这一坝稻田

躺在石板上，很凉
抓了一把月光给你盖上
你凑近我的耳朵
说，有一处小岛泊有几条船

掀开身上的月光，我抓住你的手
你说，不许动
现在不是栽梦的季节
星星抱紧小院，母亲才回到房间

收起行囊，你又告诉我
最喜欢水了——
可是，家乡全是泥的
眼前只有这一坝稻田

落叶

已编织的无数美好
秋住枝头时，阳光烧焦了
一个个动人的手语
你的离去，埋葬了春泥

自然有规律，亲爱的
同样为生存，同样有梦想
活着，抉择
为何总挣扎在三月的血液里

为了夙愿，你从梦中归来
对枝头充满眷恋
春泥的智慧连通了你的智慧
等卖完所有童话
我要与你烧焦的尸体
把亿万个春天重新拾起

桂子香

八月，窗前的桂子
因为心事，香穷了时间
就算远方真的远了
路途依旧是不变的爱恋

祖母坐过的木凳已经泛黄
母亲绣织的土地也黄了
溜溜的辫子姑娘
同父亲跪拜祖坟的姿势一道
嚼碎了我的心房

桂树边，我躺回旧时的模样
桂子香，我醉倒在
白驹的驰骋中
看着母亲和父亲
一下望穿了岁月的年龄

八月，桂子的心肠
撕开附在心脏的皮囊
我在母亲的水缸里
偷走了珍藏多年的全家福
在甜美中干渴地俯下身子
揉了揉湿润的眼睛
醒来才发现，老家就是
那口满满的水缸

净化

晨钟暮鼓，一曲梵音
轮回里，固定了
时钟的周期
召唤，又净化了
浮躁的心

不知是季节洗礼
还是自然心灵
山涧捡拾的许多故事
楼宇间，枕软了
世界缤纷

日夜燃蜡的净屋
有心事，藏了十二个月
有灯光，照亮了
万千迷茫

世间太多苍凉

世间太多苍凉
回望眷恋
不舒服的日子
绕不开一个钟音

廊内是智慧
望着廊外青烟
抬起头打量天空
无比高远
俯下身触摸土地
让人眷恋

前去攀登的生命
与梦相同
鼓声里，有罪恶
也有扬善

路途叠在母亲心里

粉了又红了，百里杜鹃
将独特的语言
留在磅礴的乌蒙山上

母亲，是你的眼神
督促了松林
有你，再黄的山都会绿醒

起风了，调皮的蒲公英
听见母亲和知了对话
眺望，儿女各有天涯

紧靠温暖，母亲
不止一遍叮嘱远去的车轮
她的语速再快也快不过一车行程

从此，每晚，父亲都要烧一支烟
月上山头，睡觉前后
母亲就默数远方空空的脚印

老屋的电话，浑厚深沉
等到蛐蛐嫌夜深了
一头牵着儿女，一头连着老人

不管日蒙天边，还是蜂出鸡鸣
母亲总要怪罪早晨的露水
说，再多也不能将儿女身上的尘土洗净

慢慢地，麦地里的镰刀瘦了
田埂上的锄头累了，有时
太阳已经下山，耕牛还在喘着粗气

千里路途，叠在母亲心里
深，一个脚印
浅，也一个脚印

牛背上的姑娘

山下爬出一朵红色
轻轻踩碎黎明的云片
牛背上，两条辫子
鞭打着微风
风中，朗朗书声

在牛背上仰望天空
许多风筝的背影
落到地上
风一拉，都很长很长
表情，如正午阳光

河岸香椿，好吃极了
不起眼的花草
有一株，在牛背上盛开
季节有自己的掩饰
这里的春天比别处漂亮

姑娘，骑在牛背上
头发，给春风梳得如此单纯
清明，从牛背上下来
在祖母的指点下，用镰刀
割开了祖先坟头的太阳

租给你，少女心

在花香里小睡，相约
是虫儿的眼神
月光，缓缓流淌
租给你，少女心

太阳的小屋，藏雪了
春天有细小的血管
幼芽，白嫩，淡黄。
租给你，少女心

租给你，少女心
水清色的肌肤，娇嫩
桃花藏起的心事，多情
绿绿红红，到处都有春天的眼睛

租给你，少女心
爱就爱了，爱眨动的眼睛
爱就爱了，爱浪漫的春心

爱就爱了，爱美妙的歌声
爱就爱了，爱春天的倩影

租给你，少女心
春天的恋爱，租给你
夏天的快乐，租给你
秋天的果实，租给你
冬天的韵味，也租给你

木棉

我知道，被子植物家族
木棉来自古老印度
它有甘地的意志
也有勇士的头颅

到了广州，木棉
长成了英雄之树
哪怕烈日烧焦了什么
台风摧毁了什么
仍是壮硕的身躯
是硬汉顶天立地

向往文明、进步
决不因为荣誉
我心中的木棉
选择了中国的泥土
以"市树"的名义
长在广州，也长在高雄

都市的街路上
乡村河边的小楼旁
木棉总会将花
开在晨风和露珠的梦中
开在子夜和别样的风景里
红艳而不媚俗

开和谢的姿态，啪的一声
豪气，满地壮烈风骨
就像文明的脚步
眸子里，壮士相爱
世界并不孤独

心疼那一抹绿

埋在土里，顽强的根须
在一场雨中，吐出
第一个秘密
脱下无色的外衣
我悄悄住进你的梦

柴房锈钝久了的犁
看阿妈的针脚
阿爸扬起的鞭
夹着花朵，昨夜
燕子裁了春的生理

有风敲开了上锁的门
听到惊雷，冬凝的血管破了
心脏疼了，季节的色泽
也浓透了

泉眼清清嗓子，闹闹柳丝
长大了希望，长大了心肠
为这一抹绵绵的绿
儿行千里

一株小草

一株小草，在母体关了十月
前村的昨夜，春风携程
田野，泥土听到了新生

同一团小小的花做伴
与一簇无名的草欢歌
生活在露珠的时代
山渐渐绿起来

孔雀开花，一株小草
被一团粪便全身吞没
你踩不灭它
生命的力量会更强大

一株小草，平平淡淡生长
当春风不定时旅游土壤
哪里不去红尘闹？
邀约锄头犁铧镰刀

水接着水柔情
山连着山气魄
一株小草，夜半鸡鸣
我梦见它小小的身躯
生命竟如此耐磨

一株小草，不知不觉老了
回忆，布谷前来朝圣
那些日子，画眉衔着青烟
从我的屋顶飞过

泥土与花

抓住山野的花期
那无数双绿色的手掌
已将花蕾连同骨朵
举过头顶，从露水中醒来
我们寻觅，如果
生命之山真的可以
沙漠就会一脸青春
请用我的双手托起

山野深处，藏满
少女的矜持
如果把诺誓全部留在
婚礼之后
透过朦胧与娇羞
那些眼神
就会经过一条血管
涌动在河流里

蝴蝶

若干蝴蝶，相聚
带着梦幻与花海
在爱与被爱间
用青春，美丽
你和我的将来
假如人生能够留下点什么
我愿做一只蝴蝶
然后借你我的翅膀
去飞越圣洁的山野

那天，阳光有些矫情
你回家整理老屋
累了就在山野休息
直到斜阳把你敲醒
你才感谢美好感谢自己
你从山上路过了
日子又在花蕊中孕育

山野因此嫁给了花

我相信黄土，悄然
长成有力的茎叶
而后，植根山野
为你防着不定时的风雨
山野因此嫁给了花
苍天吉日，太阳和月亮
同时悬在空中

花瓣渐渐被打开
美丽如同婚誓
也不知为了什么
我的地表突然滴下绿来
在草丛里
响成化肥，去了远方
那天，你用泪水
浇开了这片原野
自己却成了
无名散客

河流砖土

在阳光下镌刻
自己的脚印
千万里，我们
都有一组远方
雄鹰飞过，取下
高处的颜色
同时从眼里
取下一面镜子
没想到，一面是
凸起的长城
另一面
是凹淌的长江

一条河流的未来
定有一个时代的过去
一块砖土的命运
握在征夫和工人的手中
亲人间，许多

深情的呼喊
离不开一瓢水的源头

千万双脚，就算
拼力追到兰亭
也说不明什么
因为，长城过长城的日子
长江说长江的心声

南来北往

蚕茧成蝶，走一走山和水
你会看见，千年之后
心酸终有一叹
还有雄龙的璀璨与寂寞
雌龙的信念与组合

如果你是一泪尊严
每一滴，都可以穿越整个中国
那深沉苍老留下的，是山
这多情调皮带来的，是水
大朵的雪花，以及
细小的雨点
将你最冷静的时刻
记作南来北往

灾难后绽放的花朵

远远看见，你的眼睛
在楼宇的月钩里独行
等舞台的帷幕被徐徐打开
每一朵绽放的背后
灾难夺去的何止生命？

十六年，一个花季
你艰难穿越汶川
又坚强笑对后来的雪情
窗前，几盆小花
以你的名义
开巧了十六朵

我知道，那些折叠着
安静的晚上，总在
月光中将故乡凝望
我试着让阳光
去填满你的世界

因此，从生命中
我抓住了一个庞大的力量
也读到了——
花朵的洒脱与涅槃

我听见钥匙的声音

千百年前，边关冷月
当炊烟借走残霞
古刹里，钟声
显得格外清醒

我听见了钥匙的声音
如故乡的驼铃，穿过锁孔
闪电一般清脆响亮

东方律动着青春的云朵
踏着揪心的旋律
在繁华上空燃烧
一首人生之歌
凭月色独醉

在花朵的露珠里奔跑
在钥匙的舞台上高歌
你看，西子身边
酒杯不再徘徊

是谁醉了窗的梦
醒了门的窗
我听见钥匙的声音
穿过心脏告诉我
万花丛中最红的一朵
是从苦难里醒来的中国

奶奶的春天

春风在田间巡视
那些禾苗仿佛奶奶的身影
左右抡起双手
从早到晚忙个不停

种子从泥土里探出头来
早些时候清脆
像孩子来到人间的第一声啼哭
充满泥土味道

奶奶的春天最简单
陌上花开时
林子里，鸟儿的歌谣
唱着奶奶的唠叨

燕子贴着地面飞过
看奶奶手中勤劳的锄头
不断在地里一锄头一锄头
缝补春天的棱角

奶奶的春天
如同树荫下的井水一样
清晨是鱼儿的世界
傍晚是水桶的天

只要奶奶一亮出双手
太阳就跟着忙碌
月亮也会迷恋她的勤勉
连露水都睁开了眼睛

奶奶的春天，杨柳一样
任那春风细心修剪
她喜欢儿时的小辫
喜欢孩子们鲜花一般的童年

奶奶的春天简简单单
不像百花缭乱你的心思
她是一朵坚强的命运
以三月的理念在田野盛开

等待一个温暖的名字

在最冷最累的日子里等待
一个温暖的名字
从破碎的山河里跳出来
贫贱富贵无从选择

村庄寨子伤心地哭过
城市不会忘掉旧有的日记
等待一个温暖的名字
太阳一出来，就拼命爱我

承载生命的每一秒
努力去爱这个世界
爱每一粒种子
因为，寻寻常常中
每一个角落
我们都要活得真实

等待一个温暖的名字
大自然的语言我还没有读全
月光抚平大地的歌诗

生命的轮回一生只有一次
等待有一天，小草也拼命爱我

等待一个温暖的名字
草绿，开花。你爱，我也爱
细心浏览老人的眼神
读孩子的若干个未知
理解肩头扁担对责任的诠释

等待一个温暖的名字
不分亲疏，不负日月不颠黑白
学蜡梅孤独，不跟风
不伪装，自由自在
凌寒骄傲地芬芳

敢爱，敢恨；无畏，无私
等待着柔软洁白
月光照进心房
这世间，无论时光
从哪一个方向流淌
告别忙碌的白天
定要等一个温暖的名字

月光如酒

那年我从厦门出海
没有人理解孤独和海水相遇的结局
时至今日我还记得那艘渡船
在鼓浪屿的东边
开出很远
我的父亲是一名边防老兵
由越南回来后选择回家
过了二十多年
说到青春他总是豪情万丈
当我提到边境
父亲在遥远的老家举杯向我
身后永远是平凡的生活
夜晚，月光如酒
想想父亲现在的战场
我仰头对空
捧着月亮一饮而尽

贵州的江南

流水能唤醒的群山

贵州随处可见

乌江听到了一声巨响

春天，把船和蓑衣

留在岸边

遇见一座桥梁

却忘了该用怎样的羽毛铺建

打鱼的兄弟耳鸣

他转身对你说

山是金的，也是银的

还是没人知道

贵州的江南

藏在山里，也藏水里

我来江上只为等你

漫山遍野，石头和羊群也开花

上岸又见杜鹃红

爷爷的篱笆睡着了

爷爷的篱笆睡着了
这样的夜晚，同窗外月亮一起
常被扔在堆满玉米的院子里
两棵断了枝条的樱桃树
静静地注视着篱笆
星星眨着失落的眼睛
希望别再有人敲门

月光像揉碎的宣纸
上面画着爷爷留下的篱笆
有一条弯弯小路从篱笆旁边经过
久违的热闹的小街
角落里，那把弯刀正嚼着
青竹枯竭的情绪

没想到几十年后，就在今天
月光下，羊角辫上的草绳
还有一截系在篱笆上

此去经年，有一双眼睛
总是在爷爷的故事里游荡
可是，爷爷留下的篱笆
真的在院里睡着了

站在大定府的掌纹里
我家和箐梁子是一个高度
那条向街的小路
庄稼回屋时一东再东
后来，一茬麦秆悄悄对我说
爷爷的篱笆，是一种文化

用深渊探望深沉

在我脑海中，不被承认的山路
如果放到城市，会成为
所有人探寻的奥秘
和溪水旁边的山洞一样
透过森森的林子，偶尔看见阳光
它比我的发现更为神奇

今天，若干年前的身体
红布裹着的谜，无比健康
我提着用于交换的酒和粮食
经过山路，经过许多弯曲
看见那些流浪太久的人
在向出生地靠拢

过去，大家的出生简单并不平凡
许多荆棘丛生的时间
再亮的眼睛也看不见城市里的生活
那条山路，像父亲的电话号码
我用深渊去探望深沉
每一字一句都是爱

十个村寨，一驾马车

十个村寨，一驾马车

在环山路上载着乡亲和爹娘

拉着粮食蔬菜赶乡场

去，是一车大方热情的土音

来，是彝家人的母语

来来去去，马蹄踢踏马蹄声

从寨子到街上，车辙叠碾车辙痕

三公里的路，五公里的心

时间在我的老家，二十年前

大山里就是这副样子

每逢赶集，路上的马车

载风载雨，载人载货

有时也载红日和彩虹

夜色涌入之前

在夜色涌入之前
父亲的腿疾又发作了
有时，疼得像一捆细条
绑着许多疲惫和呻吟
黑暗走过树与树的间隙
我用儿时使用的语言
问候父亲
或者迂回地暗示
父亲抱着膝盖
夜像一个无形无边的枯井在复活
父亲翻了个身
公鸡就开始打鸣了

最幸福的时光

挽起裤腿，撸起袖子
我们喜欢稻田里青青绿绿的浪涛
喜欢金黄把色彩挑旺
让那些插在水里的脚印滋滋作响
每天清晨，阳光提醒我们
闭上眼睛躺在树荫下
看青春对夏天到来的态度
没有一双手不像火苗
即便下半身曾经埋在水里
也要告诉水面上的气泡
最幸福的时光就是等待收割

窗外，你不会不认识

窗外的路，前方朝东
两旁的春天时常守住东方的特色
石子的命运就是我的命运
被镶嵌在阳光下
走过之后，回音从地心出来
敲得日子叮叮当当
有烟火的味道
也有牲口的气味
开在春风里花像新娘的眼睛
树干上爬着许多木莲藤
窗外，蜜蜂和我做了兄弟
只有纯度的光线
才能认识我，认识一个农民的格局
旧瓶装新酒，酒是新生力量
酒是粮食最美的外交官
窗外，你不会不认识
玉米，高粱，青稞，小麦

幸福，被平铺在睡梦中

从前的繁华，如今落叶遍地
夜晚没有睡意，月亮走下来
我的心跳，与远方的星星平行
喜鹊回到门前的那颗树上了
你的呼吸贴着我的耳朵
如同穿在身上的梦幻
到处都是山间来回嘹亮的回声
它包裹着我这个年纪的往事
幸福，被平铺在前晚的睡梦中
多年前，你遇到一个人
在最高处，挡住了我的身影
真实的世界，一团火
在寂静中点燃了你的青春

故宫里的雪

甲虫蜕壳，将触须探入肋骨
出胡同，我用镰刀割开翻滚的麦浪
麦粒，仿佛诏书等候拆封
汗水渗入五环外的混凝土
几只蝴蝶，在天坛翻阅日历
不觉间云朵碎了，如故宫的雪
落到地上，每一粒
都变成了陶罐上的象形火种
把二锅头送进喉咙
酒中的烽火台
如同工人体育馆里未熄的灯
在这里，我找到了祖国的硅谷
当新中国的心脏跳动长安街
大运河的淤塞被请走
鸟巢孵化的已不再是燕子
凤凰把头顶上的雾霾纺成星图
六百年晨昏，向天借了一个太阳
六环外一粒倔强的沙
在雄安柔软的身体里
重新学会哭泣

世界太不平缓

山外，世界太不平缓
许多出生简单的人
每天都在登山，可是
返回时，很少是顺着本意的
一生最长不过三万天
到底还要用多久去穿越黑暗
吃饱饭，绝非幼稚和可笑
谁能带走一切，聪明的人
为何要撕裂人心
我们像阳光一样出生
也期待像花儿一样成长

映山红的世界

在空阔的空中静坐

如同在草原上跟月亮谈论爱情

难道月亮仅有

一个让人向往的家

估计，它也向往我的夜晚

只要道德没有化为灰烬

洪水不见滔天

一朵映山红的世界

足以让整个天空变红

让花朵化为泥土

许诺人间后，又回到花朵

后记

　　时空之河总是向前，生活中总是有那么一点坚持，大多是没有理由的。当《尘粒镜像》的最后一行诗落下，我仿佛完成了一场自我对话，这场对话的主题是"探索与思考"。算是心灵跋涉中，对生命旅程的回首与展望。

　　"栖居，觅寻时光坐痕"，是我对生命归属与岁月沉淀的探寻。记忆里的许多碎片，如同散落的珍珠，被串联成线。在回忆的皱纹里穿梭，我试图去抓住那些被岁月掩埋的重要时刻。故乡的山川、儿时的玩伴、成长路上的欢笑与泪水，都成了我诗行中的坐痕。这些坐痕不仅标记着过去，更指引我要在当下寻找一个心的安顿之所。我对生命状态的叩问，不管憧憬还是回忆，都使我逐渐明白：栖居的真谛——不是身体的安放，而是灵魂的栖息。

　　"审视，有温度的存在"，是我借诗歌之眼对生活的观察。生活中，那些充满温度的瞬间往往隐藏在平凡的角落。一个善意的微笑、一次温暖的拥抱、自然绽放的花朵、清晨草叶上的露珠，都蕴含着生命的美好与力量。我也试图借诗歌去穿透表象，挖掘这些存在背后的深意。在审视中，我感受到了人性的光辉与自然的和谐，也会更加珍惜生活中的每一份温暖。

"炫音，有棱角的远方"，承载着我对梦想的执着追求和对远方的无限向往。远方，不是遥不可及的虚幻，而是充满挑战与机遇的真实存在。"炫音"是梦想在呐喊，是灵魂在歌唱，它激励着我跨越重重障碍，勇敢地奔赴远方。在追逐远方的路上，我遇到过挫折，经历过迷茫，但正是那些"棱角"让我不断成长，让我更加坚定地朝着目标前行。诗，有我在逐梦路上的足迹，也有我对远方的渴望与坚持。

"绿光，风景镶在眼角"，是我对美的捕捉和对希望的诠释。生活中，总有一些瞬间如同一抹绿光，点亮我的世界，带来生机与希望，我努力将美好的风景嵌入其中。无论是清晨的第一缕阳光，还是黄昏的最后一抹晚霞；无论是陌生人的一个善举，还是朋友的一句鼓励，都成了我诗歌中的素材。只有将美好瞬间用心珍藏，才会对生活充满热爱与感恩。

《尘粒镜像》结集成册，充满了艰辛与喜悦。感谢《诗刊》《山花》《北京文学》等70余家报刊，为我的作品提供了展示的平台；感谢在创作道路上给予我指导和帮助的老师、朋友；我也非常感谢当下生活的这片土地，是它为我提供了源源不断的创作灵感，让我更加坚定了在诗歌之路继续走下去的决心。

《尘粒镜像》也像我生命中的一面镜子，我对生活的感悟、对梦想的追求和对美好的向往都能倒映其中。每一个字、每一行诗，都凝结了我的情感与思考。希望读者在阅读这本诗集时，能够找到属于自己的共鸣。也许，在某一个瞬间，这些文字能够触动你的心灵，让你重新审视生活，发现生活中的美好。

最后，愿我这本诗集如同一颗小小的尘粒，落在读者的心中，生根发芽，绽放出属于自己的花朵。

蒋郁相

2025 年 4 月 25 日